Guy de Maupassant

9 nouvelles légères

Dossier et notes réalisés par
Nicolas Saulais

Lecture d'image par
Valérie Lagier

Nicolas Saulais est certifié de lettres modernes. Chargé de cours à l'Université d'Artois en analyse de texte théâtral contemporain, il enseigne également dans un lycée parisien. En « Classico » (Belin/Gallimard), il a commenté *Sa Majesté des mouches* de William Golding et *Le Roi se meurt* d'Eugène Ionesco. Pour Nathan, il a présenté trois ouvrages sur des contes. En « Folioplus classiques », il a rédigé le dossier de *La Tulipe noire* d'Alexandre Dumas (n° 213), *9 courtes pièces* de Jean Tardieu (n° 156), *Exercices de style* de Raymond Queneau (n° 115) et d'un choix de *Fables* de Jean Anouilh, Ésope et Jean de La Fontaine (n° 186).

Lorsqu'elle était conservateur au musée des Beaux-Arts de Rennes, **Valérie Lagier** a organisé de nombreuses expositions d'art moderne et contemporain. Parallèlement, elle a créé un service éducatif très innovant et assuré de nombreuses formations d'histoire de l'art pour les enseignants et les étudiants. Elle est l'auteur de plusieurs publications scientifiques et pédagogiques (*Découvrir le Louvre* et *Découvrir le musée d'Orsay en famille* chez Gallimard). Elle est actuellement conservateur en chef au musée de Grenoble, chargée des dessins.

© Éditions Gallimard, 2013
pour la lecture d'image et le dossier.

Sommaire

9 nouvelles légères	5
En wagon	7
Un coup d'État	16
L'Aventure de Walter Schnaffs	29
Le Vieux	40
Les Bijoux	50
À cheval	60
Un réveillon	69
« Coco, coco, coco frais ! »	77
En famille	82
Dossier	
Du tableau au texte	
Analyse de *La Loge* de Pierre-Auguste Renoir (1874)	119
Le texte en perspective	
Vie littéraire : *Un siècle en « mouvements »*	129
L'écrivain à sa table de travail : *L'art de la nouvelle*	140
Groupement de textes thématique : *Guerre et littérature*	155
Groupement de textes stylistique : *Incipits de nouvelles*	165
Chronologie : *Guy de Maupassant et son temps*	177
Éléments pour une fiche de lecture	187

9 nouvelles légères

En wagon

Le soleil allait disparaître derrière la grande chaîne dont le puy de Dôme est le géant, et l'ombre des cimes s'étendait dans la profonde vallée de Royat.

Quelques personnes se promenaient dans le parc, autour du kiosque de la musique. D'autres demeuraient encore assises, par groupes, malgré la fraîcheur du soir.

Dans un de ces groupes on causait avec animation, car il était question d'une grave affaire qui tourmentait beaucoup Mmes de Sarcagnes, de Vaulacelles et de Bridoie. Dans quelques jours allaient commencer les vacances[1], et il s'agissait de faire venir leurs fils élevés chez les Jésuites et chez les Dominicains[2].

Or ces dames n'avaient point envie d'entreprendre elles-mêmes le voyage pour ramener leurs descendants, et elles ne connaissaient justement personne qu'elles pussent charger de ce soin délicat. On touchait aux derniers jours de juillet. Paris était vide. Elles cherchaient, sans trouver, un nom qui leur offrît les garanties désirées.

Leur embarras s'augmentait de ce qu'une vilaine affaire

---

1. Les vacances débutaient alors le 1er août.
2. Les Jésuites et les Dominicains sont deux ordres religieux catholiques possédant comme règle commune dominante l'obéissance.

de mœurs avait eu lieu quelques jours auparavant dans un wagon. Et ces dames demeuraient persuadées que toutes les filles de la capitale passaient leur existence dans les rapides[1], entre l'Auvergne et la gare de Lyon. Les échos de *Gil Blas*[2], d'ailleurs, au dire [de] M. de Bridoie, signalaient la présence à Vichy, au Mont-Dore et à La Bourboule, de toutes les horizontales[3] connues et inconnues. Pour y être, elles avaient dû y venir en wagon ; et elles s'en retournaient indubitablement encore en wagon ; elles devaient même s'en retourner sans cesse pour revenir tous les jours. C'était donc un va-et-vient continu d'impures sur cette maudite ligne. Ces dames se désolaient que l'accès des gares ne fût pas interdit aux femmes suspectes.

Or, Roger de Sarcagnes avait quinze ans, Gontran de Vaulacelles treize ans et Roland de Bridoie onze ans. Que faire ? Elles ne pouvaient pas, cependant, exposer leurs chers enfants au contact de pareilles créatures. Que pouvaient-ils entendre, que pouvaient-ils voir, que pouvaient-ils apprendre, s'ils passaient une journée entière, ou une nuit, dans un compartiment qui enfermerait, peut-être, une ou deux de ces drôlesses[4] avec un ou deux de leurs compagnons ?

La situation semblait sans issue, quand Mme de Martinsec vint à passer. Elle s'arrêta pour dire bonjour à ses amies qui lui racontèrent leurs angoisses.

« Mais c'est bien simple, s'écria-t-elle, je vais vous prêter l'abbé. Je peux très bien m'en passer pendant quarante-huit heures. L'éducation de Rodolphe ne sera pas compromise

---

1. Trains effectuant de longs parcours et ne s'arrêtant qu'aux gares de grande importance.
2. Quotidien de la presse française paru essentiellement de 1879 à 1914, rendu célèbre pour la publication en feuilletons de romans ou nouvelles d'auteurs illustres, comme Zola ou Maupassant.
3. Ici, le mot désigne des prostituées.
4. Femmes dont la conduite suscite le scandale.

pour si peu. Il ira chercher vos enfants et vous les ramènera. »

Il fut donc convenu que l'abbé Lecuir, un jeune prêtre, fort instruit, précepteur[1] de Rodolphe de Martinsec, irait à Paris, la semaine suivante, chercher les trois jeunes gens.

L'abbé partit donc le vendredi ; et il se trouvait à la gare de Lyon le dimanche matin pour prendre, avec ses trois gamins, le rapide de huit heures, le nouveau rapide direct organisé depuis quelques jours seulement, sur la réclamation générale de tous les baigneurs de l'Auvergne.

Il se promenait sur le quai de départ, suivi de ses collégiens, comme une poule de ses poussins, et il cherchait un compartiment vide ou occupé par des gens d'aspect respectable, car il avait l'esprit hanté par toutes les recommandations minutieuses que lui avaient faites Mmes de Sarcagnes, de Vaulacelles et de Bridoie.

Or il aperçut tout à coup devant une portière un vieux monsieur et une vieille dame à cheveux blancs qui causaient avec une autre dame installée dans l'intérieur du wagon. Le vieux monsieur était officier de la Légion d'honneur ; et ces gens avaient l'aspect le plus comme il faut. « Voici mon affaire », pensa l'abbé. Il fit monter les trois élèves et les suivit.

La vieille dame disait :

« Surtout soigne-toi bien, mon enfant. »

La jeune répondit :

« Oh ! oui, maman, ne crains rien.

— Appelle le médecin aussitôt que tu te sentiras souffrante.

— Oui, oui, maman.

---

[1]. Éducateur chargé par une famille d'assurer l'instruction et l'éducation des enfants.

— Allons, adieu, ma fille.
— Adieu, maman. »

Il y eut une longue embrassade, puis un employé ferma les portières et le train se mit en route.

Ils étaient seuls. L'abbé, ravi, se félicitait de son adresse, et il se mit à causer avec les jeunes gens qui lui étaient confiés. Il avait été convenu, le jour de son départ, que Mme de Martinsec l'autoriserait à donner des répétitions pendant toutes les vacances à ces trois garçons, et il voulait sonder un peu l'intelligence et le caractère de ses nouveaux élèves.

Roger de Sarcagnes, le plus grand, était un de ces hauts collégiens poussés trop vite, maigres et pâles, et dont les articulations ne semblent pas tout à fait soudées. Il parlait lentement, d'une façon naïve.

Gontran de Vaulacelles, au contraire, demeurait tout petit, trapu, et il était malin, sournois, mauvais et drôle. Il se moquait toujours de tout le monde, avait des mots de grande personne, des répliques à double sens qui inquiétaient ses parents.

Le plus jeune, Roland de Bridoie, ne paraissait montrer aucune aptitude pour rien : c'était une bonne petite bête qui ressemblerait à son papa.

L'abbé les avait prévenus qu'ils seraient sous ses ordres pendant ces deux mois d'été : et il leur fit un sermon[1] bien senti sur leurs devoirs envers lui, sur la façon dont il entendait les gouverner, sur la méthode qu'il emploierait envers eux.

C'était un abbé d'âme droite et simple, un peu phraseur[2] et plein de systèmes.

---

1. Discours moralisateur incitant une personne à modifier, améliorer son attitude.
2. Qui est un beau parleur.

Son discours fut interrompu par un profond soupir que poussa leur voisine. Il tourna la tête vers elle. Elle demeurait assise dans son coin, les yeux fixes, les joues un peu pâles. L'abbé revint à ses disciples.

Le train roulait à toute vitesse, traversait des plaines, des bois, passait sous des ponts et sur des ponts, secouait de sa trépidation frémissante le chapelet de voyageurs enfermés dans les wagons.

Gontran de Vaulacelles, maintenant, interrogeait l'abbé Lecuir sur Royat, sur les amusements du pays. Y avait-il une rivière ? Pouvait-on pêcher ? Aurait-il un cheval, comme l'autre année ? etc.

La jeune femme, tout à coup, jeta une sorte de cri, un « ah ! » de souffrance vite réprimé.

Le prêtre, inquiet, lui demanda :

« Vous sentez-vous indisposée, madame ? »

Elle répondit : « Non, non, monsieur l'abbé, ce n'est rien, une légère douleur, ce n'est rien. Je suis un peu malade depuis quelque temps, et le mouvement du train me fatigue. » Sa figure était devenue livide, en effet.

Il insista : « Si je puis quelque chose pour vous, madame ?

— Oh ! non, — rien du tout, monsieur l'abbé. Je vous remercie. »

Le prêtre reprit sa causerie avec ses élèves, les préparant à son enseignement et à sa direction.

Les heures passaient. Le convoi s'arrêtait de temps en temps, puis repartait. La jeune femme, maintenant, paraissait dormir et elle ne bougeait plus, enfoncée en son coin. Bien que le jour fût plus qu'à moitié écoulé, elle n'avait encore rien mangé. L'abbé pensait : « Cette personne doit être bien souffrante. »

Il ne restait plus que deux heures de route pour atteindre Clermont-Ferrand, quand la voyageuse se mit brusquement à gémir. Elle s'était laissée presque tomber de sa banquette et, appuyée sur les mains, les yeux hagards, les traits crispés, elle répétait : « Oh ! mon Dieu ! oh ! mon Dieu ! »

L'abbé s'élança :

« Madame…, madame…, madame, qu'avez-vous ? »

Elle balbutia : « Je… je… crois que… que… que je vais accoucher. » Et elle commença aussitôt à crier d'une effroyable façon. Elle poussait une longue clameur affolée qui semblait déchirer sa gorge au passage, une clameur aiguë, affreuse, dont l'intonation sinistre disait l'angoisse de son âme et la torture de son corps.

Le pauvre prêtre éperdu, debout devant elle, ne savait que faire, que dire, que tenter, et il murmurait : « Mon Dieu, si je savais… Mon Dieu, si je savais ! » Il était rouge jusqu'au blanc des yeux ; et ses trois élèves regardaient avec stupeur cette femme étendue qui criait.

Tout à coup, elle se tordit, élevant ses bras sur sa tête, et son flanc eut une secousse étrange, une convulsion qui la parcourut.

L'abbé pensa qu'elle allait mourir, mourir devant lui privée de secours et de soins, par sa faute. Alors il dit d'une voix résolue :

« Je vais vous aider, madame. Je ne sais pas… mais je vous aiderai comme je pourrai. Je dois mon assistance à toute créature qui souffre. »

Puis, s'étant retourné vers les trois gamins, il cria :

« Vous — vous allez passer vos têtes à la portière ; et si un de vous se retourne, il me copiera mille vers de Virgile[1]. »

Il abaissa lui-même les trois glaces, y plaça les trois têtes, ramena contre le cou les rideaux bleus, et il répéta :

---

1. Poète latin (70-19 av. J.-C.), auteur d'un récit épique en vers, l'*Énéide*, considéré comme un chef-d'œuvre de la littérature mondiale, marquant et influençant de nombreux auteurs européens.

« Si vous faites seulement un mouvement, vous serez privés d'excursions pendant toutes les vacances. Et n'oubliez point que je ne pardonne jamais, moi. »

Et il revint vers la jeune femme, en relevant les manches de sa soutane.

....

Elle gémissait toujours, et, par moments, hurlait. L'abbé, la face cramoisie[1], l'assistait, l'exhortait, la réconfortait, et, sans cesse, il levait les yeux vers les trois gamins qui coulaient des regards furtifs, vite détournés, vers la mystérieuse besogne accomplie par leur nouveau précepteur.

« Monsieur de Vaulacelles, vous me copierez vingt fois le verbe "désobéir" ! » criait-il.

« Monsieur de Bridoie, vous serez privé de dessert pendant un mois. »

Soudain la jeune femme cessa sa plainte persistante, et presque aussitôt un cri bizarre et léger qui ressemblait à un aboiement et à un miaulement fit retourner, d'un seul élan, les trois collégiens persuadés qu'ils venaient d'entendre un chien nouveau-né.

L'abbé tenait dans ses mains un petit enfant tout nu. Il le regardait avec des yeux effarés ; il semblait content et désolé, prêt à rire et prêt à pleurer ; on l'aurait cru fou, tant sa figure exprimait de choses par le jeu rapide des yeux, des lèvres et des joues.

Il déclara, comme s'il eût annoncé à ses élèves une grande nouvelle :

« C'est un garçon. »

Puis aussitôt il reprit :

« Monsieur de Sarcagnes, passez-moi la bouteille d'eau qui est dans le filet. — Bien. — Débouchez-la. — Très bien.

---

1. Rouge tirant sur le violet.

— Versez-m'en quelques gouttes dans la main, seulement quelques gouttes. — Parfait. »

Et il répandit cette eau sur le front nu du petit être qu'il portait, en prononçant :

« Je te baptise, au nom du Père, du Fils et du Saint-Esprit. Ainsi soit-il. »

Le train entrait en gare de Clermont. La figure de Mme de Bridoie apparut à la portière. Alors l'abbé, perdant la tête, lui présenta la frêle bête humaine qu'il venait de cueillir, en murmurant : « C'est madame qui vient d'avoir un petit accident en route. »

Il avait l'air d'avoir ramassé cet enfant dans un égout ; et, les cheveux mouillés de sueur, le rabat sur l'épaule, la robe maculée[1], il répétait : « Ils n'ont rien vu — rien du tout — j'en réponds. — Ils regardaient tous trois par la portière. — J'en réponds, — ils n'ont rien vu. »

Et il descendit du compartiment avec quatre garçons au lieu de trois qu'il était allé chercher, tandis que Mmes de Bridoie, de Vaulacelles et de Sarcagnes, livides, échangeaient des regards éperdus, sans trouver un seul mot à dire.

Le soir, les trois familles dînaient ensemble pour fêter l'arrivée des collégiens. Mais on ne parlait guère ; les pères, les mères et les enfants eux-mêmes semblaient préoccupés.

Tout à coup, le plus jeune, Roland de Bridoie, demanda :

« Dis, maman, où l'abbé l'a-t-il trouvé, ce petit garçon ? »

La mère ne répondit pas directement.

« Allons, dîne, et laisse-nous tranquilles avec tes questions. »

Il se tut quelques minutes, puis reprit :

« Il n'y avait personne que cette dame qui avait mal au

---

1. Salie, tachée.

ventre. C'est donc que l'abbé est prestidigitateur, comme Robert Houdin[1] qui fait venir un bocal de poissons sous un tapis.

— Tais-toi, voyons. C'est le bon Dieu qui l'a envoyé.

— Mais où l'avait-il mis, le bon Dieu ? Je n'ai rien vu, moi. Est-il entré par la portière, dis ? »

Mme de Bridoie, impatientée, répliqua :

« Voyons, c'est fini, tais-toi. Il est venu sous un chou comme tous les petits enfants. Tu le sais bien.

— Mais il n'y avait pas de chou dans le wagon ? »

Alors Gontran de Vaulacelles, qui écoutait avec un air sournois, sourit et dit :

« Si, il y avait un chou. Mais il n'y a que M. le curé qui l'a vu. »

---

1. Célèbre illusionniste et créateur d'automates français (1805-1871), considéré comme l'un des plus grands prestidigitateurs de tous les temps.

Un coup d'État

Paris venait d'apprendre le désastre de Sedan[1]. La République était proclamée. La France entière haletait au début de cette démence qui dura jusqu'après la Commune. On jouait au soldat d'un bout à l'autre du pays.

Des bonnetiers[2] étaient colonels faisant fonction de généraux ; des revolvers et des poignards s'étalaient autour de gros ventres pacifiques enveloppés de ceintures rouges ; de petits bourgeois devenus guerriers d'occasion commandaient des bataillons de volontaires braillards et juraient comme des charretiers pour se donner de la prestance.

Le seul fait de tenir des armes, de manier des fusils à système[3] affolait ces gens qui n'avaient jusqu'ici manié que des balances, et les rendait, sans aucune raison, redoutables au premier venu. On exécutait des innocents pour prouver qu'on savait tuer ; on fusillait, en rôdant par les campagnes

---

1. Le 1er septembre 1870, la bataille de Sedan voit la défaite de l'armée française face aux troupes prussiennes. La capture de Napoléon III signe la fin de l'Empire, auquel succède un gouvernement de défense nationale. Le 4 septembre 1870 sera proclamée la République.
2. Fabricants ou marchands de bonnets, bas et autres objets de tricot.
3. Fusils se chargeant par la culasse (partie située au fond du canon). Dès 1866, l'armée française se dote du « lefaucheux » et du « chassepot », deux nouveaux modèles.

vierges encore de Prussiens, les chiens errants, les vaches ruminant en paix, les chevaux malades pâturant dans les herbages.

Chacun se croyait appelé à jouer un grand rôle militaire. Les cafés des moindres villages, pleins de commerçants en uniforme, ressemblaient à des casernes ou à des ambulances.

Le bourg de Canneville ignorait encore les affolantes nouvelles de l'armée et de la capitale ; mais une extrême agitation le remuait depuis un mois, les partis adverses se trouvaient face à face.

Le maire, M. le vicomte de Varnetot, petit homme maigre, vieux déjà, légitimiste[1] rallié à l'Empire depuis peu, par ambition, avait vu surgir un adversaire déterminé dans le docteur Massarel, gros homme sanguin, chef du parti républicain dans l'arrondissement, vénérable de la loge maçonnique[2] du chef-lieu, président de la Société d'agriculture et du banquet des pompiers, et organisateur de la milice rurale qui devait sauver la contrée.

En quinze jours, il avait trouvé le moyen de décider à la défense du pays soixante-trois volontaires mariés et pères de famille, paysans prudents et marchands du bourg, et il les exerçait, chaque matin, sur la place de la mairie.

Quand le maire, par hasard, venait au bâtiment communal, le commandant Massarel, bardé de pistolets, passant fièrement, le sabre en main, devant le front de sa troupe, faisait hurler à son monde : « Vive la patrie ! » Et ce cri, on l'avait remarqué, agitait le petit vicomte, qui voyait là sans

---

1. Partisan des princes dits légitimes parce qu'ils peuvent justifier d'un droit à régner sur la France. Au XIXe siècle, partisan de la branche aînée des Bourbons.
2. Groupe appartenant à la franc-maçonnerie, une organisation de réflexion et d'influence aux règles secrètes, qui se réunit régulièrement.

doute une menace, un défi, en même temps qu'un souvenir odieux de la grande Révolution.

Le 5 septembre au matin, le docteur en uniforme, son revolver sur sa table, donnait une consultation à un couple de vieux campagnards, dont l'un, le mari, atteint de varices depuis sept ans, avait attendu que sa femme en eût aussi pour venir trouver le médecin, quand le facteur apporta le journal.

M. Massarel l'ouvrit, pâlit, se dressa brusquement, et, levant les bras au ciel dans un geste d'exaltation, il se mit à vociférer de toute sa voix devant les deux ruraux affolés :

« Vive la République ! vive la République ! vive la République ! »

Puis il retomba sur son fauteuil, défaillant d'émotion.

Et comme le paysan reprenait : « Ça a commencé par des fourmis qui me couraient censément[1] le long des jambes », le docteur Massarel s'écria :

« Fichez-moi la paix ; j'ai bien le temps de m'occuper de vos bêtises. La République est proclamée, l'empereur est prisonnier, la France est sauvée. Vive la République ! » Et courant à la porte, il beugla : « Céleste, vite, Céleste ! »

La bonne épouvantée accourut ; il bredouillait tant il parlait rapidement :

« Mes bottes, mon sabre, ma cartouchière[2] et le poignard espagnol qui est sur ma table de nuit : dépêche-toi ! »

Comme le paysan obstiné, profitant d'un instant de silence, continuait :

« Ça a devenu comme des poches qui me faisaient mal en marchant. »

Le médecin exaspéré hurla :

« Fichez-moi donc la paix, nom d'un chien, si vous vous étiez lavé les pieds, ça ne serait pas arrivé. »

---

1. Apparemment.
2. Ceinture à poches remplie de cartouches.

Puis, le saisissant au collet, il lui jeta dans la figure :

« Tu ne sens donc pas que nous sommes en république, triple brute ? »

Mais le sentiment professionnel le calma tout aussitôt, et il poussa dehors le ménage abasourdi, en répétant :

« Revenez demain, revenez demain, mes amis. Je n'ai pas le temps aujourd'hui. »

Tout en s'équipant des pieds à la tête, il donna de nouveau une série d'ordres urgents à sa bonne :

« Cours chez le lieutenant Picart et chez le sous-lieutenant Pommel, et dis-leur que je les attends ici immédiatement. Envoie-moi aussi Torchebeuf avec son tambour, vite, vite ! »

Et quand Céleste fut sortie, il se recueillit, se préparant à surmonter les difficultés de la situation.

Les trois hommes arrivèrent ensemble, en vêtement de travail. Le commandant, qui s'attendait à les voir en tenue, eut un sursaut.

« Vous ne savez donc rien, sacrebleu ? L'Empereur est prisonnier, la République est proclamée. Il faut agir. Ma position est délicate, je dirai plus, périlleuse. »

Il réfléchit quelques secondes devant les visages ahuris de ses subordonnés, puis reprit :

« Il faut agir et ne pas hésiter ; les minutes valent des heures dans des instants pareils. Tout dépend de la promptitude des décisions. Vous, Picart, allez trouver le curé et sommez-le de sonner le tocsin pour réunir la population que je vais prévenir. Vous, Torchebeuf, battez le rappel dans toute la commune jusqu'aux hameaux de la Gerisaie et de Salmare pour rassembler la milice en armes sur la place. Vous, Pommel, revêtez promptement votre uniforme, rien que la tunique et le képi. Nous allons occuper ensemble la mairie et sommer M. de Varnetot de me remettre ses pouvoirs. C'est compris ?

— Oui.

— Exécutez, et promptement. Je vous accompagne jusque chez vous, Pommel, puisque nous opérons ensemble. »

Cinq minutes plus tard, le commandant et son subalterne, armés jusqu'aux dents, apparaissaient sur la place juste au moment où le petit vicomte de Varnetot, les jambes guêtrées[1] comme pour une partie de chasse, son lefaucheux[2] sur l'épaule, débouchait à pas rapides par l'autre rue, suivi de ses trois gardes en tunique verte, le couteau sur la cuisse et le fusil en bandoulière.

Pendant que le docteur s'arrêtait, stupéfait, les quatre hommes pénétrèrent dans la mairie dont la porte se referma derrière eux.

« Nous sommes devancés, murmura le médecin, il faut maintenant attendre du renfort. Rien à faire pour le quart d'heure. »

Le lieutenant Picart reparut :

« Le curé a refusé d'obéir, dit-il : il s'est même enfermé dans l'église avec le bedeau[3] et le suisse. »

Et, de l'autre côté de la place, en face de la mairie blanche et close, l'église, muette et noire, montrait sa grande porte de chêne garnie de ferrures de fer.

Alors, comme les habitants intrigués mettaient le nez aux fenêtres ou sortaient sur le seuil des maisons, le tambour soudain roula, et Torchebeuf apparut, battant avec fureur les trois coups précipités du rappel. Il traversa la place au pas de gymnastique, puis disparut dans le chemin des champs.

Le commandant tira son sabre, s'avança seul, à moitié distance environ entre les deux bâtiments où s'était barri-

---

1. Enveloppées de cuir ou d'une étoffe qui se ferme sur le côté avec des boucles ou des boutons.
2. Fusil, du nom de celui qui l'a inventé.
3. Celui qui entretient et orne l'église. Sacristain.

cadé l'ennemi et, agitant son arme au-dessus de sa tête, il mugit de toute la force de ses poumons :

« Vive la République ! Mort aux traîtres ! »

Puis il se replia vers ses officiers.

Le boucher, le boulanger et le pharmacien, inquiets, accrochèrent leurs volets et fermèrent leurs boutiques. Seul l'épicier demeura ouvert.

Cependant les hommes de la milice arrivaient peu à peu, vêtus diversement et tous coiffés d'un képi noir à galon rouge, le képi constituant tout l'uniforme du corps. Ils étaient armés de leurs vieux fusils rouillés, ces vieux fusils pendus depuis trente ans sur les cheminées des cuisines, et ils ressemblaient assez à un détachement de gardes champêtres.

Lorsqu'il en eut une trentaine autour de lui, le commandant, en quelques mots, les mit au fait des événements ; puis, se tournant vers son état-major : « Maintenant, agissons », dit-il.

Les habitants se rassemblaient, examinaient et devisaient.

Le docteur eut vite arrêté son plan de campagne :

« Lieutenant Picart, vous allez vous avancer sous les fenêtres de cette mairie et sommer M. de Varnetot, au nom de la République, de me remettre la maison de ville. »

Mais le lieutenant, un maître maçon[1], refusa :

« Vous êtes encore un malin, vous. Pour me faire flanquer un coup de fusil, merci. Ils tirent bien ceux qui sont là-dedans, vous savez. Faites vos commissions vous-même. »

Le commandant devint rouge.

« Je vous ordonne d'y aller au nom de la discipline. »

Le lieutenant se révolta :

---

1. Dans la franc-maçonnerie, le maître maçon est responsable du travail d'une loge pendant un an.

« Plus souvent que je me ferai casser la figure sans savoir pourquoi. »

Les notables, rassemblés en un groupe voisin, se mirent à rire. Un d'eux cria :

« T'as raison, Picart, c'est pas l'moment ! »

Le docteur, alors, murmura :

« Lâches ! »

Et, déposant son sabre et son revolver aux mains d'un soldat, il s'avança d'un pas lent, l'œil fixé sur les fenêtres, s'attendant à en voir sortir un canon de fusil braqué sur lui.

Comme il n'était qu'à quelques pas du bâtiment, les portes des deux extrémités donnant entrée dans les deux écoles s'ouvrirent, et un flot de petits êtres, garçons par-ci, filles par-là, s'en échappèrent et se mirent à jouer sur la grande place vide, piaillant, comme un troupeau d'oies, autour du docteur, qui ne pouvait se faire entendre.

Aussitôt les derniers élèves sortis, les deux portes s'étaient refermées.

Le gros des marmots enfin se dispersa, et le commandant appela d'une voix forte :

« Monsieur de Varnetot ? »

Une fenêtre du premier étage s'ouvrit. M. de Varnetot parut.

Le commandant reprit :

« Monsieur, vous savez les grands événements qui viennent de changer la face du gouvernement. Celui que vous représentiez n'est plus. Celui que je représente monte au pouvoir. En ces circonstances douloureuses, mais décisives, je viens vous demander, au nom de la nouvelle République, de remettre en mes mains les fonctions dont vous avez été investi par le précédent pouvoir. »

M. de Varnetot répondit :

« Monsieur le docteur, je suis maire de Canneville, nommé par l'autorité compétente, et je resterai maire de Canneville tant que je n'aurai pas été révoqué[1] et remplacé par un arrêté[2] de mes supérieurs. Maire, je suis chez moi dans la mairie, et j'y reste. Au surplus, essayez de m'en faire sortir. »

Et il referma la fenêtre.

Le commandant retourna vers sa troupe. Mais, avant de s'expliquer, toisant du haut en bas le lieutenant Picart.

« Vous êtes un crâne, vous, un fameux lapin, la honte de l'armée. Je vous casse de votre grade. »

Le lieutenant répondit :

« Je m'en fiche un peu. »

Et il alla se mêler au groupe murmurant des habitants.

Alors le docteur hésita. Que faire ? Donner l'assaut ? Mais ses hommes marcheraient-ils ? Et puis, en avait-il le droit ?

Une idée l'illumina. Il courut au télégraphe[3] dont le bureau faisait face à la mairie, de l'autre côté de la place. Et il expédia trois dépêches :

À MM. les membres du gouvernement républicain, à Paris ;

À M. le nouveau préfet républicain de la Seine-Inférieure, à Rouen ;

À M. le nouveau sous-préfet républicain de Dieppe.

Il exposait la situation, disait le danger couru par la commune demeurée aux mains de l'ancien maire monarchiste, offrait ses services dévoués, demandait des ordres et signait en faisant suivre son nom de tous ses titres.

Puis il revint vers son corps d'armée et, tirant dix francs de sa poche : « Tenez, mes amis, allez manger et boire un coup ; laissez seulement ici un détachement de dix hommes pour que personne ne sorte de la mairie. »

---

1. Se dit d'un agent de la fonction publique dont l'emploi a été retiré ; destitué.

2. Décision d'une autorité administrative et généralement publiée.

3. Ancien moyen de communication consistant à transmettre des messages rapidement et à distance par l'intermédiaire de signaux codés.

Mais l'ex-lieutenant Picart, qui causait avec l'horloger, entendit ; il se mit à ricaner et prononça : « Pardi, s'ils sortent, ce sera une occasion d'entrer. Sans ça, je ne vous vois pas encore là-dedans, moi ! »

Le docteur ne répondit pas, et il alla déjeuner.

Dans l'après-midi, il disposa des postes tout autour de la commune, comme si elle était menacée d'une surprise.

Il passa plusieurs fois devant les portes de la maison de ville et de l'église sans rien remarquer de suspect ; on aurait cru vides ces deux bâtiments.

Le boucher, le boulanger et le pharmacien rouvrirent leurs boutiques.

On jasait beaucoup dans les logis. Si l'empereur était prisonnier, il y avait quelque traîtrise là-dessous. On ne savait pas au juste laquelle des républiques était revenue.

La nuit tomba.

Vers neuf heures, le docteur s'approcha seul, sans bruit, de l'entrée du bâtiment communal, persuadé que son adversaire était parti se coucher ; et, comme il se disposait à enfoncer la porte à coups de pioche, une voix forte, celle d'un garde, demanda tout à coup :

« Qui va là ? »

Et M. Massarel battit en retraite à toutes jambes.

Le jour se leva sans que rien fût changé dans la situation.

La milice en armes occupait la place. Tous les habitants s'étaient réunis autour de cette troupe, attendant une solution. Ceux des villages voisins arrivaient pour voir.

Alors, le docteur, comprenant qu'il jouait sa réputation, résolut d'en finir d'une manière ou d'une autre ; et il allait prendre une résolution quelconque, énergique assurément, quand la porte du télégraphe s'ouvrit et la petite servante de la directrice parut, tenant à la main deux papiers.

Elle se dirigea d'abord vers le commandant et lui remit une des dépêches ; puis, traversant le milieu désert de la place, intimidée par tous les yeux fixés sur elle, baissant la tête et trottant menu[1], elle alla frapper doucement à la maison barricadée, comme si elle eût ignoré qu'un parti armé s'y cachait.

L'huis[2] s'entrebâilla ; une main d'homme reçut le message, et la fillette revint, toute rouge, prête à pleurer, d'être dévisagée ainsi par le pays entier.

Le docteur demanda d'une voix vibrante :

« Un peu de silence, s'il vous plaît. »

Et comme le populaire s'était tu, il reprit fièrement :

« Voici la communication que je reçois du gouvernement. » Et, élevant sa dépêche, il lut :

« Ancien maire révoqué. Veuillez aviser au plus pressé. Recevrez instructions ultérieures.

« *Pour le sous-préfet,*
« SAPIN, conseiller. »

Il triomphait ; son cœur battait de joie ; ses mains tremblaient, mais Picart, son ancien subalterne, lui cria d'un groupe voisin :

« C'est bon, tout ça ; mais si les autres ne sortent pas, ça vous fait une belle jambe, votre papier. »

Et M. Massarel pâlit. Si les autres ne sortaient pas, en effet, il fallait aller de l'avant maintenant. C'était non seulement son droit, mais aussi son devoir.

Et il regardait anxieusement la mairie, espérant qu'il allait voir la porte s'ouvrir et son adversaire se replier.

La porte restait fermée. Que faire ? la foule augmentait, se serrait autour de la milice. On riait.

---
1. Marchant à tout petits pas.
2. Porte extérieure d'une maison.

Une réflexion surtout torturait le médecin. S'il donnait l'assaut, il faudrait marcher à la tête de ses hommes ; et comme, lui mort, toute contestation cesserait, c'était sur lui, sur lui seul que tireraient M. de Varnetot et ses trois gardes. Et ils tiraient bien, très bien ; Picart venait encore de le lui répéter. Mais une idée l'illumina et, se tournant vers Pommel :

« Allez vite prier le pharmacien de me prêter une serviette et un bâton. »

Le lieutenant se précipita.

Il allait faire un drapeau parlementaire, un drapeau blanc dont la vue réjouirait peut-être le cœur légitimiste de l'ancien maire.

Pommel revint avec le linge demandé et un manche à balai. Au moyen de ficelles, on organisa cet étendard que M. Massarel saisit à deux mains ; et il s'avança de nouveau vers la mairie en le tenant devant lui. Lorsqu'il fut en face de la porte, il appela encore : « Monsieur de Varnetot. » La porte s'ouvrit soudain, et M. de Varnetot apparut sur le seuil avec ses trois gardes.

Le docteur recula par un mouvement instinctif ; puis, il salua courtoisement son ennemi et prononça, étranglé par l'émotion : « Je viens, monsieur, vous communiquer les instructions que j'ai reçues. »

Le gentilhomme, sans lui rendre son salut, répondit : « Je me retire, monsieur, mais sachez bien que ce n'est ni par crainte, ni par obéissance à l'odieux gouvernement qui usurpe le pouvoir. » Et, appuyant sur chaque mot, il déclara : « Je ne veux pas avoir l'air de servir un seul jour la République. Voilà tout. »

Massarel, interdit, ne répondit rien ; et M. de Varnetot, se mettant en marche d'un pas rapide, disparut au coin de la place, suivi toujours de son escorte.

Alors le docteur, éperdu d'orgueil, revint vers la foule. Dès qu'il fut assez près pour se faire entendre, il cria : « Hurrah ! hurrah ! La République triomphe sur toute la ligne. »

Aucune émotion ne se manifesta.

Le médecin reprit : « Le peuple est libre, vous êtes libres, indépendants. Soyez fiers ! »

Les villageois inertes le regardaient sans qu'aucune gloire illuminât leurs yeux.

À son tour, il les contempla, indigné de leur indifférence, cherchant ce qu'il pourrait dire, ce qu'il pourrait faire pour frapper un grand coup, électriser ce pays placide, remplir sa mission d'initiateur.

Mais une inspiration l'envahit et, se tournant vers Pommel : « Lieutenant, allez chercher le buste de l'ex-empereur qui est dans la salle des délibérations du conseil municipal, et apportez-le avec une chaise. »

Et bientôt l'homme reparut portant sur l'épaule droite le Bonaparte de plâtre, et tenant de la main gauche une chaise de paille.

M. Massarel vint au-devant de lui, prit la chaise, la posa par terre, plaça dessus le buste blanc, puis se reculant de quelques pas, l'interpella d'une voix sonore :

« Tyran, tyran, te voici tombé, tombé dans la boue, tombé dans la fange. La patrie expirante râlait sous ta botte. Le Destin vengeur t'a frappé. La défaite et la honte se sont attachées à toi ; tu tombes vaincu, prisonnier du Prussien ; et, sur les ruines de ton empire croulant, la jeune et radieuse République se dresse, ramassant ton épée brisée… »

Il attendait des applaudissements. Aucun cri, aucun battement de mains n'éclata. Les paysans effarés se taisaient ; et le buste aux moustaches pointues qui dépassaient les joues de chaque côté, le buste immobile et bien peigné comme une enseigne de coiffeur, semblait regarder M. Massarel avec son sourire de plâtre, un sourire ineffaçable et moqueur.

Ils demeuraient ainsi face à face, Napoléon sur sa chaise, le médecin debout, à trois pas de lui. Une colère saisit le commandant. Mais que faire ? que faire pour émouvoir ce peuple et gagner définitivement cette victoire de l'opinion ?

Sa main, par hasard, se posa sur son ventre, et il rencontra, sous sa ceinture rouge, la crosse de son revolver.

Aucune inspiration, aucune parole ne lui venaient plus. Alors, il tira son arme, fit deux pas et, à bout portant, foudroya l'ancien monarque.

La balle creusa dans le front un petit trou noir, pareil à une tache, presque rien. L'effet était manqué. M. Massarel tira un second coup, qui fit un second trou, puis un troisième, puis, sans s'arrêter, il lâcha les trois derniers. Le front de Napoléon volait en poussière blanche, mais les yeux, le nez et les fines pointes des moustaches restaient intacts.

Alors, exaspéré, le docteur renversa la chaise d'un coup de poing et, appuyant un pied sur le reste du buste, dans une posture de triomphateur, il se tourna vers le public abasourdi en vociférant : « Périssent ainsi tous les traîtres ! »

Mais comme aucun enthousiasme ne se manifestait encore, comme les spectateurs semblaient stupides d'étonnement, le commandant cria aux hommes de la milice : « Vous pouvez maintenant regagner vos foyers. » Et il se dirigea lui-même à grands pas vers sa maison, comme s'il eût fui.

Sa bonne, dès qu'il parut, lui dit que des malades l'attendaient depuis plus de trois heures dans son cabinet. Il y courut. C'étaient les deux paysans aux varices, revenus dès l'aube, obstinés et patients.

Et le vieux aussitôt reprit son explication : « Ça a commencé par des fourmis qui me couraient censément le long des jambes… »

L'Aventure
de Walter Schnaffs

À *Robert Pinchon*[1].

Depuis son entrée en France avec l'armée d'invasion, Walter Schnaffs se jugeait le plus malheureux des hommes. Il était gros, marchait avec peine, soufflait beaucoup et souffrait affreusement des pieds qu'il avait fort plats et fort gras. Il était en outre pacifique et bienveillant, nullement magnanime ou sanguinaire, père de quatre enfants qu'il adorait et marié avec une jeune femme blonde, dont il regrettait désespérément chaque soir les tendresses, les petits soins et les baisers. Il aimait se lever tard et se coucher tôt, manger lentement de bonnes choses et boire de la bière dans les brasseries. Il songeait en outre que tout ce qui est doux dans l'existence disparaît avec la vie, et il gardait au cœur une haine épouvantable, instinctive et raisonnée en même temps, pour les canons, les fusils, les revolvers et les sabres, mais surtout pour les baïonnettes[2], se sentant incapable de manœuvrer assez

---

1. Robert Pinchon est un des plus vieux amis de Maupassant, dont certains articles lui donnent des sujets de nouvelle.
2. Armes blanches pointues, que l'on insère à l'extrémité des fusils pour les combats au corps à corps.

vivement cette arme rapide pour défendre son gros ventre.

Et, quand il se couchait sur la terre, la nuit venue, roulé dans son manteau à côté des camarades qui ronflaient, il pensait longuement aux siens laissés là-bas et aux dangers semés sur sa route : « S'il était tué, que deviendraient les petits ? Qui donc les nourrirait et les élèverait ? À l'heure même, ils n'étaient pas riches, malgré les dettes qu'il avait contractées en partant pour leur laisser quelque argent. » Et Walter Schnaffs pleurait quelquefois.

Au commencement des batailles il se sentait dans les jambes de telles faiblesses qu'il se serait laissé tomber, s'il n'avait songé que toute l'armée lui passerait sur le corps. Le sifflement des balles hérissait le poil sur sa peau.

Depuis des mois il vivait ainsi dans la terreur et dans l'angoisse.

Son corps d'armée s'avançait vers la Normandie ; et il fut un jour envoyé en reconnaissance avec un faible détachement qui devait simplement explorer une partie du pays et se replier ensuite. Tout semblait calme dans la campagne ; rien n'indiquait une résistance préparée.

Or, les Prussiens descendaient avec tranquillité dans une petite vallée que coupaient des ravins profonds quand une fusillade violente les arrêta net, jetant bas une vingtaine des leurs ; et une troupe de francs-tireurs, sortant brusquement d'un petit bois grand comme la main, s'élança en avant, la baïonnette au fusil.

Walter Schnaffs demeura d'abord immobile, tellement surpris et éperdu qu'il ne pensait même pas à fuir. Puis un désir fou de détaler le saisit ; mais il songea aussitôt qu'il courait comme une tortue en comparaison des maigres Français qui arrivaient en bondissant comme un troupeau de chèvres. Alors, apercevant à six pas devant lui un large fossé plein de broussailles couvertes de feuilles sèches, il y sauta à pieds joints, sans songer même à la profondeur, comme on saute d'un pont dans une rivière.

Il passa, à la façon d'une flèche, à travers une couche épaisse de lianes et de ronces aiguës qui lui déchirèrent la face et les mains, et il tomba lourdement assis sur un lit de pierres.

Levant aussitôt les yeux, il vit le ciel par le trou qu'il avait fait. Ce trou révélateur le pouvait dénoncer, et il se traîna avec précaution, à quatre pattes, au fond de cette ornière[1], sous le toit de branchages enlacés, allant le plus vite possible, en s'éloignant du lieu du combat. Puis il s'arrêta et s'assit de nouveau, tapi comme un lièvre au milieu des hautes herbes sèches.

Il entendit pendant quelque temps encore des détonations, des cris et des plaintes. Puis les clameurs de la lutte s'affaiblirent, cessèrent. Tout redevint muet et calme.

Soudain quelque chose remua contre lui. Il eut un sursaut épouvantable. C'était un petit oiseau qui, s'étant posé sur une branche, agitait des feuilles mortes. Pendant près d'une heure, le cœur de Walter Schnaffs en battit à grands coups pressés.

La nuit venait, emplissant d'ombre le ravin. Et le soldat se mit à songer. Qu'allait-il faire ? Qu'allait-il devenir ? Rejoindre son armée ?... Mais comment ? Mais par où ? Et il lui faudrait recommencer l'horrible vie d'angoisses, d'épouvantes, de fatigues et de souffrances qu'il menait depuis le commencement de la guerre ! Non ! Il ne se sentait plus ce courage ! Il n'aurait plus l'énergie qu'il fallait pour supporter les marches et affronter les dangers de toutes les minutes.

Mais que faire ? Il ne pouvait rester dans ce ravin et s'y

---

1. Sillon plus ou moins profond creusé par les roues des voitures dans le sol.

cacher jusqu'à la fin des hostilités. Non, certes. S'il n'avait pas fallu manger, cette perspective ne l'aurait pas trop atterré ; mais il fallait manger, manger tous les jours.

Et il se trouvait ainsi tout seul, en armes, en uniforme, sur le territoire ennemi, loin de ceux qui le pouvaient défendre. Des frissons lui couraient sur la peau.

Soudain il pensa : « Si seulement j'étais prisonnier ! » Et son cœur frémit de désir, d'un désir violent, immodéré, d'être prisonnier des Français. Prisonnier ! Il serait sauvé, nourri, logé, à l'abri des balles et des sabres, sans appréhension possible, dans une bonne prison bien gardée. Prisonnier ! Quel rêve !

Et sa résolution fut prise immédiatement :

— Je vais me constituer prisonnier.

Il se leva, résolu à exécuter ce projet sans tarder d'une minute. Mais il demeura immobile, assailli soudain par des réflexions fâcheuses et par des terreurs nouvelles.

Où allait-il se constituer prisonnier ? Comment ? De quel côté ? Et des images affreuses, des images de mort, se précipitèrent dans son âme.

Il allait courir des dangers terribles en s'aventurant seul, avec son casque à pointe, par la campagne.

S'il rencontrait des paysans ? Ces paysans, voyant un Prussien perdu, un Prussien sans défense, le tueraient comme un chien errant ! Ils le massacreraient avec leurs fourches, leurs pioches, leurs faux, leurs pelles ! Ils en feraient une bouillie, une pâtée, avec l'acharnement des vaincus exaspérés.

S'il rencontrait des francs-tireurs[1] ? Ces francs-tireurs, des enragés sans loi ni discipline, le fusilleraient pour s'amuser,

---

1. Individus constituant un groupe organisé pendant la guerre pour combattre parallèlement à l'armée régulière. Pour l'anecdote, le terme de *franc-fileur* fut créé pour désigner tout déserteur lors de la guerre franco-prussienne de 1870.

pour passer une heure, histoire de rire en voyant sa tête. Et il se croyait déjà appuyé contre un mur en face de douze canons de fusils, dont les petits trous ronds et noirs semblaient le regarder.

S'il rencontrait l'armée française elle-même ? Les hommes d'avant-garde le prendraient pour un éclaireur, pour quelque hardi et malin troupier parti seul en reconnaissance, et ils lui tireraient dessus. Et il entendait déjà les détonations irrégulières des soldats couchés dans les broussailles, tandis que lui, debout au milieu d'un champ, s'affaissait, troué comme une écumoire par les balles qu'il sentait entrer dans sa chair.

Il se rassit, désespéré. Sa situation lui paraissait sans issue.

La nuit était tout à fait venue, la nuit muette et noire. Il ne bougeait plus, tressaillant à tous les bruits inconnus et légers qui passent dans les ténèbres. Un lapin, tapant du cul au bord d'un terrier, faillit faire s'enfuir Walter Schnaffs. Les cris des chouettes lui déchiraient l'âme, le traversant de peurs soudaines, douloureuses comme des blessures. Il écarquillait ses gros yeux pour tâcher de voir dans l'ombre ; et il s'imaginait à tout moment entendre marcher près de lui.

Après d'interminables heures et des angoisses de damné, il aperçut, à travers son plafond de branchages, le ciel qui devenait clair. Alors, un soulagement immense le pénétra ; ses membres se détendirent, reposés soudain ; son cœur s'apaisa : ses yeux se fermèrent. Il s'endormit.

Quand il se réveilla, le soleil lui parut arrivé à peu près au milieu du ciel ; il devait être midi. Aucun bruit ne troublait la paix morne des champs ; et Walter Schnaffs s'aperçut qu'il était atteint d'une faim aiguë.

Il bâillait, la bouche humide à la pensée du saucisson, du bon saucisson des soldats ; et son estomac lui faisait mal.

Il se leva, fit quelques pas, sentit que ses jambes étaient faibles, et se rassit pour réfléchir. Pendant deux ou trois heures encore, il établit le pour et le contre, changeant à tout moment de résolution, combattu, malheureux, tiraillé par les raisons les plus contraires.

Une idée lui parut enfin logique et pratique, c'était de guetter le passage d'un villageois seul, sans armes, et sans outils de travail dangereux, de courir au-devant de lui et de se remettre en ses mains en lui faisant bien comprendre qu'il se rendait.

Alors il ôta son casque, dont la pointe le pouvait trahir, et il sortit sa tête au bord de son trou, avec des précautions infinies.

Aucun être isolé ne se montrait à l'horizon. Là-bas, à droite, un petit village envoyait au ciel la fumée de ses toits, la fumée des cuisines ! Là-bas à gauche, il apercevait, au bout des arbres d'une avenue, un grand château flanqué de tourelles.

Il attendit jusqu'au soir, souffrant affreusement, ne voyant rien que des vols de corbeaux, n'entendant rien que les plaintes sourdes de ses entrailles.

Et la nuit encore tomba sur lui.

Il s'allongea au fond de sa retraite et il s'endormit d'un sommeil fiévreux, hanté de cauchemars, d'un sommeil d'homme affamé.

L'aurore se leva de nouveau sur sa tête. Il se remit en observation. Mais la campagne restait vide comme la veille ; et une peur nouvelle entrait dans l'esprit de Walter Schnaffs, la peur de mourir de faim ! Il se voyait étendu au fond de son trou, sur le dos, les deux yeux fermés. Puis des bêtes, des petites bêtes de toute sorte s'approchaient de son cadavre et se mettaient à le manger, l'attaquant partout à la fois, se glissant sous ses vêtements pour mordre sa peau froide. Et un grand corbeau lui piquait les yeux de son bec effilé.

Alors il devint fou, s'imaginant qu'il allait s'évanouir de faiblesse et ne plus pouvoir marcher. Et déjà, il s'apprêtait à s'élancer vers le village, résolu à tout oser, à tout braver, quand il aperçut trois paysans qui s'en allaient aux champs avec leurs fourches sur l'épaule, et il se replongea dans sa cachette.

Mais, dès que le soir obscurcit la plaine, il sortit lentement du fossé, et se mit en route, courbé, craintif, le cœur battant, vers le château lointain, préférant entrer là-dedans plutôt qu'au village qui lui semblait redoutable comme une tanière pleine de tigres.

Les fenêtres d'en bas brillaient. Une d'elles était même ouverte ; et une forte odeur de viande cuite s'en échappait, une odeur qui pénétra brusquement dans le nez et jusqu'au fond du ventre de Walter Schnaffs ; qui le crispa, le fit haleter, l'attirant irrésistiblement, lui jetant au cœur une audace désespérée.

Et brusquement, sans réfléchir, il apparut, casqué, dans le cadre de la fenêtre.

Huit domestiques dînaient autour d'une grande table. Mais soudain une bonne demeura béante, laissant tomber son verre, les yeux fixes. Tous les regards suivirent le sien !

On aperçut l'ennemi !

Seigneur ! Les Prussiens attaquaient le château !...

Ce fut d'abord un cri, un seul cri, fait de huit cris poussés sur huit tons différents, un cri d'épouvante horrible, puis une levée tumultueuse, une bousculade, une mêlée, une fuite éperdue vers la porte du fond. Les chaises tombaient, les hommes renversaient les femmes et passaient dessus. En deux secondes, la pièce fut vide, abandonnée, avec la table couverte de mangeaille en face de Walter Schnaffs stupéfait, toujours debout dans sa fenêtre.

Après quelques instants d'hésitation, il enjamba le mur d'appui et s'avança vers les assiettes. Sa faim exaspérée le faisait trembler comme un fiévreux : mais une terreur le retenait, le paralysait encore. Il écouta. Toute la maison semblait frémir ; des portes se fermaient, des pas rapides couraient sur le plancher du dessus. Le Prussien inquiet tendait l'oreille à ces confuses rumeurs ; puis il entendit des bruits sourds comme si des corps fussent tombés dans la terre molle, au pied des murs, des corps humains sautant du premier étage.

Puis tout mouvement, toute agitation cessèrent, et le grand château devint silencieux comme un tombeau.

Walter Schnaffs s'assit devant une assiette restée intacte, et il se mit à manger. Il mangeait par grandes bouchées comme s'il eût craint d'être interrompu trop tôt, de n'en pouvoir engloutir assez. Il jetait à deux mains les morceaux dans sa bouche ouverte comme une trappe ; et des paquets de nourriture lui descendaient coup sur coup dans l'estomac, gonflant sa gorge en passant. Parfois, il s'interrompait, prêt à crever à la façon d'un tuyau trop plein. Il prenait alors la cruche au cidre et se déblayait l'œsophage comme on lave un conduit bouché.

Il vida toutes les assiettes, tous les plats et toutes les bouteilles ; puis, saoul de liquide et de mangeaille, abruti, rouge, secoué par des hoquets, l'esprit troublé et la bouche grasse, il déboutonna son uniforme pour souffler, incapable d'ailleurs de faire un pas. Ses yeux se fermaient, ses idées s'engourdissaient ; il posa son front pesant dans ses bras croisés sur la table, et il perdit doucement la notion des choses et des faits.

Le dernier croissant éclairait vaguement l'horizon au-dessus des arbres du parc. C'était l'heure froide qui précède le jour.

Des ombres glissaient dans les fourrés, nombreuses et

muettes ; et parfois, un rayon de lune faisait reluire dans l'ombre une pointe d'acier.

Le château tranquille dressait sa grande silhouette noire. Deux fenêtres seules brillaient encore au rez-de-chaussée.

Soudain, une voix tonnante hurla :

— En avant ! nom d'un nom ! à l'assaut ! mes enfants !

Alors, en un instant, les portes, les contrevents[1] et les vitres s'enfoncèrent sous un flot d'hommes qui s'élança, brisa, creva tout, envahit la maison. En un instant cinquante soldats armés jusqu'aux cheveux bondirent dans la cuisine où reposait pacifiquement Walter Schnaffs, et, lui posant sur la poitrine cinquante fusils chargés, le culbutèrent, le roulèrent, le saisirent, le lièrent des pieds à la tête.

Il haletait d'ahurissement, trop abruti pour comprendre, battu, crossé[2] et fou de peur.

Et tout d'un coup, un gros militaire chamarré[3] d'or lui planta son pied sur le ventre en vociférant :

— Vous êtes mon prisonnier, rendez-vous !

Le Prussien n'entendit que ce seul mot « prisonnier », et il gémit : « *ya, ya, ya* ».

Il fut relevé, ficelé sur une chaise, et examiné avec une vive curiosité par ses vainqueurs qui soufflaient comme des baleines. Plusieurs s'assirent, n'en pouvant plus d'émotion et de fatigue.

Il souriait, lui, il souriait maintenant, sûr d'être enfin prisonnier !

Un autre officier entra et prononça :

---

1. Grands volets de bois placés à l'extérieur des fenêtres.
2. Frappé à coups de crosse de fusil.
3. Très coloré. En l'occurrence, il peut s'agir d'une panoplie voyante de médailles et décorations.

— Mon colonel, les ennemis se sont enfuis ; plusieurs semblent avoir été blessés. Nous restons maîtres de la place.

Le gros militaire qui s'essuyait le front vociféra : « Victoire ! »

Et il écrivit sur un petit agenda de commerce tiré de sa poche :

« Après une lutte acharnée, les Prussiens ont dû battre en retraite, emportant leurs morts et leurs blessés, qu'on évalue à cinquante hommes hors de combat. Plusieurs sont restés entre nos mains. »

Le jeune officier reprit :

— Quelles dispositions dois-je prendre, mon colonel ?

Le colonel répondit :

— Nous allons nous replier pour éviter un retour offensif avec de l'artillerie et des forces supérieures.

Et il donna l'ordre de repartir.

La colonne se reforma dans l'ombre, sous les murs du château, et se mit en mouvement, enveloppant de partout Walter Schnaffs garrotté[1], tenu par six guerriers le revolver au poing.

Des reconnaissances furent envoyées pour éclairer la route. On avançait avec prudence, faisant halte de temps en temps.

Au jour levant, on arrivait à la sous-préfecture de la Roche-Oysel, dont la garde nationale avait accompli ce fait d'armes.

La population anxieuse et surexcitée attendait. Quand on aperçut le casque du prisonnier, des clameurs formidables éclatèrent. Les femmes levaient les bras ; des vieilles pleuraient ; un aïeul lança sa béquille au Prussien et blessa le nez d'un de ses gardiens.

Le colonel hurlait.

---

1. Attaché solidement.

— Veillez à la sûreté du captif.

On parvint enfin à la maison de ville. La prison fut ouverte, et Walter Schnaffs jeté dedans, libre de liens.

Deux cents hommes en armes montèrent la garde autour du bâtiment.

Alors, malgré des symptômes d'indigestion qui le tourmentaient depuis quelque temps, le Prussien, fou de joie, se mit à danser éperdument, en levant les bras et les jambes, à danser en poussant des cris frénétiques, jusqu'au moment où il tomba, épuisé au pied d'un mur.

Il était prisonnier ! Sauvé !

C'est ainsi que le château de Champignet fut repris à l'ennemi après six heures seulement d'occupation.

Le colonel Ratier, marchand de drap, qui enleva cette affaire à la tête des gardes nationaux de la Roche-Oysel, fut décoré.

Le Vieux

Un tiède soleil d'automne tombait dans la cour de la ferme, par-dessus les grands hêtres des fossés. Sous le gazon tondu par les vaches, la terre, imprégnée de pluie récente, était moite, enfonçait sous les pieds avec un bruit d'eau ; et les pommiers chargés de pommes semaient leurs fruits d'un vert pâle, dans le vert foncé de l'herbage.

Quatre jeunes génisses paissaient, attachées en ligne, et meuglaient par moments vers la maison ; les volailles mettaient un mouvement coloré sur le fumier, devant l'étable, et grattaient, remuaient, caquetaient, tandis que les deux coqs chantaient sans cesse, cherchaient des vers pour leurs poules, qu'ils appelaient d'un gloussement vif.

La barrière de bois s'ouvrit ; un homme entra, âgé de quarante ans peut-être, mais qui semblait vieux de soixante, ridé, tortu[1], marchant à grands pas lents, alourdis par le poids de lourds sabots pleins de paille. Ses bras trop longs pendaient des deux côtés du corps. Quand il approcha de la ferme, un roquet jaune, attaché au pied d'un énorme poirier, à côté d'un baril qui lui servait de niche, remua la queue, puis se mit à japper en signe de joie. L'homme cria :

« À bas, Finot ! »

---

1. À la fois tordu et courbe ; de travers.

Le chien se tut.

Une paysanne sortit de la maison. Son corps osseux, large et plat, se dessinait sous un caraco[1] de laine qui serrait la taille. Une jupe grise, trop courte, tombait jusqu'à la moitié des jambes, cachées en des bas bleus, et elle portait aussi des sabots pleins de paille. Un bonnet blanc, devenu jaune, couvrait quelques cheveux collés au crâne, et sa figure brune, maigre, laide, édentée, montrait cette physionomie sauvage et brute qu'ont souvent les faces des paysans.

L'homme demanda :

« Comment qu'y va ? »

La femme répondit :

« M'sieu l'curé dit que c'est la fin, qu'il n' passera point la nuit. »

Ils entrèrent tous deux dans la maison.

Après avoir traversé la cuisine, ils pénétrèrent dans la chambre, basse, noire, à peine éclairée par un carreau, devant lequel tombait une loque d'indienne normande[2]. Les grosses poutres du plafond, brunies par le temps, noires et enfumées, traversaient la pièce de part en part, portant le mince plancher du grenier, où couraient, jour et nuit, des troupeaux de rats.

Le sol de terre, bossué, humide, semblait gras, et dans le fond de l'appartement, le lit faisait une tache vaguement blanche. Un bruit régulier, rauque, une respiration dure, râlante, sifflante avec un gargouillement d'eau comme celui que fait une pompe brisée, partait de la couche enténébrée où agonisait un vieillard, le père de la paysanne.

L'homme et la femme s'approchèrent et regardèrent le moribond, de leur œil placide et résigné.

---

1. Corsage à manches longues, porté ample.
2. Impression de coton, spécialité de Rouen, imitant les étoffes indiennes.

Le gendre dit :

« C'te fois, c'est fini ; i n'ira pas seulement à la nuit. »

La fermière reprit :

« C'est d'puis midi qu'i gargotte[1] comme ça. »

Puis ils se turent. Le père avait les yeux fermés, le visage couleur de terre, si sec qu'il semblait en bois. Sa bouche entrouverte laissait passer son souffle clapotant et dur ; et le drap de toile grise se soulevait sur la poitrine à chaque aspiration.

Le gendre, après un long silence, prononça :

« Y a qu'à le quitter finir[2]. J'y pouvons rien. Tout d' même c'est dérangeant pour les cossards[3], vu l' temps qu'est bon, qu'il faut r'piquer d'main. »

Sa femme parut inquiète à cette pensée. Elle réfléchit quelques instants, puis déclara :

« Puisqu'i va passer, on l'enterrera pas avant samedi ; t'auras ben d'main pour les cossards. »

Le paysan méditait ; il dit :

« Oui, mais d'main qui faudra qu'invite pour l'imunation[4], que j' n'ai ben pour cinq à six heures à aller de Tourville à Manetot chez tout le monde. »

La femme, après avoir médité deux ou trois minutes, prononça :

« I n'est seulement point trois heures, qu' tu pourrais commencer la tournée anuit[5] et faire tout l' côté de Tourville. Tu peux ben dire qu'il a passé, puisqu'i n'en a pas quasiment pour la relevée[6]. »

---

1. Gargouille, fait un bruit de bouche.
2. Laisser mourir.
3. Colzas, plantes dont les graines fournissent de l'huile.
4. Utilisation volontairement erronée du terme « inhumation ».
5. Terme ancien et dialectal signifiant « aujourd'hui ».
6. Après-midi. Initialement, ce terme désignait le moment où l'on se relève de la sieste pour retourner travailler.

L'homme demeura quelques instants perplexe, pesant les conséquences et les avantages de l'idée. Enfin il déclara :

« Tout d' même, j'y vas. »

Il allait sortir ; il revint et, après une hésitation :

« Pisque t'as point d'ouvrage, loche[1] des pommes à cuire, et pis tu feras quatre douzaines de douillons[2] pour ceux qui viendront à l'imunation, vu qu'i faudra se réconforter. T'allumeras le four avec la bourrée[3] qu'est sous l'hangar au pressoir. Elle est sèque. »

Et il sortit de la chambre, rentra dans la cuisine, ouvrit le buffet, prit un pain de six livres, en coupa soigneusement une tranche, recueillit dans le creux de sa main les miettes tombées sur la tablette, et se les jeta dans la bouche pour ne rien perdre. Puis il enleva avec la pointe de son couteau un peu de beurre salé au fond d'un pot de terre brune, l'étendit sur son pain, qu'il se mit à manger lentement, comme il faisait tout.

Et il retraversa la cour, apaisa le chien, qui se remettait à japper, sortit sur le chemin qui longeait son fossé, et s'éloigna dans la direction de Tourville.

Restée seule, la femme se mit à la besogne. Elle découvrit la huche à la farine, et prépara la pâte aux douillons. Elle la pétrissait longuement, la tournant et la retournant, la maniant, l'écrasant, la broyant. Puis elle en fit une grosse boule d'un blanc jaune, qu'elle laissa sur le coin de la table.

Alors elle alla chercher les pommes et, pour ne point

---

1. En Normandie, locher, c'est secouer un arbre pour faire tomber les fruits.
2. Spécialité pâtissière normande : pommes enrobées de pâte et cuites au four.
3. Assemblage de petites branches formant un fagot.

blesser l'arbre avec la gaule[1], elle grimpa dedans au moyen d'un escabeau. Elle choisissait les fruits avec soin, pour ne prendre que les plus mûrs, et les entassait dans son tablier.

Une voix l'appela du chemin :

« Ohé, madame Chicot ! »

Elle se retourna. C'était un voisin, maître Osime Favet, le maire, qui s'en allait fumer ses terres, assis, les jambes pendantes, sur le tombereau d'engrais. Elle se retourna, et répondit :

« Qué qu'y a pour vot' service, maît' Osime ?

— Et le pé, où qui n'en est ? »

Elle cria :

« Il est quasiment passé. C'est samedi l'imunation, à sept heures, vu les cossards qui pressent. »

Le voisin répliqua :

« Entendu. Bonne chance ! Portez-vous bien. »

Elle répondit à sa politesse :

« Merci, et vous d' même. »

Puis elle se remit à cueillir ses pommes.

Aussitôt qu'elle fut rentrée, elle alla voir son père, s'attendant à le trouver mort. Mais dès la porte elle distingua son râle bruyant et monotone, et, jugeant inutile d'approcher du lit pour ne point perdre de temps, elle commença à préparer les douillons.

Elle enveloppait les fruits, un à un, dans une mince feuille de pâte, puis les alignait au bord de la table. Quand elle eut fait quarante-huit boules, rangées par douzaines l'une devant l'autre, elle pensa à préparer le souper, et elle accrocha sur le feu sa marmite, pour faire cuire les pommes de terre ; car elle avait réfléchi qu'il était inutile d'allumer le four, ce

---

1. Longue perche utilisée pour récupérer les fruits que l'on n'arrive pas à cueillir à la main.

jour-là même, ayant encore le lendemain tout entier pour terminer les préparatifs.

Son homme rentra vers cinq heures. Dès qu'il eut franchi le seuil, il demanda :

« C'est-il fini ? »

Elle répondit :

« Point encore ; ça gargouille toujours. »

Ils allèrent voir. Le vieux était absolument dans le même état. Son souffle rauque, régulier comme un mouvement d'horloge, ne s'était ni accéléré ni ralenti. Il revenait de seconde en seconde, variant un peu de ton, suivant que l'air entrait ou sortait de la poitrine.

Son gendre le regarda, puis il dit :

« I finira sans qu'on y pense, comme une chandelle. » Ils rentrèrent dans la cuisine et, sans parler, se mirent à souper. Quand ils eurent avalé la soupe, ils mangèrent encore une tartine de beurre, puis, aussitôt les assiettes lavées, rentrèrent dans la chambre de l'agonisant.

La femme, tenant une petite lampe à mèche fumeuse, la promena devant le visage de son père. S'il n'avait pas respiré, on l'aurait cru mort assurément.

Le lit des deux paysans était caché à l'autre bout de la chambre, dans une espèce d'enfoncement. Ils se couchèrent sans dire un mot, éteignirent la lumière, fermèrent les yeux ; et bientôt deux ronflements inégaux, l'un plus profond, l'autre plus aigu, accompagnèrent le râle ininterrompu du mourant.

Les rats couraient dans le grenier.

Le mari s'éveilla dès les premières pâleurs du jour. Son beau-père vivait encore. Il secoua sa femme, inquiet de cette résistance de vieux.

« Dis donc, Phémie, i n' veut point finir. Qué qu' tu f'rais, té ? »

Il la savait de bon conseil.

Elle répondit :

« I n' passera point l'jour, pour sûr. N'y a point n'à craindre. Pour lors que l'maire n'opposera pas qu'on l'enterre tout de même demain, vu qu'on l'a fait pour maître Rénard le pé, qu'a trépassé juste aux semences. »

Il fut convaincu par l'évidence du raisonnement, et il partit aux champs.

Sa femme fit cuire les douillons, puis accomplit toutes les besognes de la ferme.

À midi, le vieux n'était point mort. Les gens de journée loués pour le repiquage des cossards vinrent en groupe considérer l'ancien qui tardait à s'en aller. Chacun dit son mot, puis ils repartirent dans les terres.

À six heures, quand on rentra, le père respirait encore. Son gendre, à la fin, s'effraya.

« Qué qu' tu f'rais, à c'te heure, té, Phémie ? »

Elle ne savait non plus que résoudre. On alla trouver le maire. Il promit qu'il fermerait les yeux et autoriserait l'enterrement le lendemain. L'officier de santé[1], qu'on alla voir, s'engagea aussi, pour obliger[2] maître Chicot, à antidater le certificat de décès[3]. L'homme et la femme rentrèrent tranquilles.

Ils se couchèrent et s'endormirent comme la veille, mêlant leurs souffles sonores au souffle plus faible du vieux.

Quand ils s'éveillèrent, il n'était point mort.

Alors ils furent atterrés. Ils restaient debout, au chevet du père, le considérant avec méfiance, comme s'il avait

---

1. Jusqu'en 1892, statut particulier accordé à des étudiants autorisés à exercer la médecine uniquement dans le département où ils ont été admis aux examens théoriques et cliniques.
2. Rendre service à quelqu'un.
3. La loi interdit l'inhumation moins de vingt-quatre heures après le décès.

voulu leur jouer un vilain tour, les tromper, les contrarier par plaisir, et ils lui en voulaient surtout du temps qu'il leur faisait perdre.

Le gendre demanda :

« Qué que j'allons faire ? »

Elle n'en savait rien ; elle répondit :

« C'est-i contrariant, tout d' même ! »

On ne pouvait maintenant prévenir tous les invités, qui allaient arriver sur l'heure. On résolut de les attendre, pour leur expliquer la chose.

Vers sept heures moins dix, les premiers apparurent. Les femmes en noir, la tête couverte d'un grand voile, s'en venaient d'un air triste. Les hommes, gênés dans leurs vestes de drap, s'avançaient plus délibérément, deux par deux, en devisant[1] des affaires.

Maître Chicot et sa femme, effarés, les reçurent en se désolant ; et tous deux, tout à coup, au même moment, en abordant le premier groupe, se mirent à pleurer. Ils expliquaient l'aventure, contaient leur embarras, offraient des chaises, se remuaient, s'excusaient, voulaient prouver que tout le monde aurait fait comme eux, parlaient sans fin, devenus brusquement bavards à ne laisser personne leur répondre.

Ils allaient de l'un à l'autre :

« Je l'aurions point cru ; c'est point croyable qu'il aurait duré comme ça ! »

Les invités interdits, un peu déçus, comme des gens qui manquent une cérémonie attendue, ne savaient que faire, demeuraient assis ou debout. Quelques-uns voulurent s'en aller. Maître Chicot les retint :

« J'allons casser une croûte tout d'même. J'avions fait des douillons ; faut bien n'en profiter. »

---

1. En bavardant.

Les visages s'éclairèrent à cette pensée. On se mit à causer à voix basse. La cour peu à peu s'emplissait ; les premiers venus disaient la nouvelle aux nouveaux arrivants. On chuchotait, l'idée des douillons égayant tout le monde.

Les femmes entraient pour regarder le mourant. Elles se signaient auprès du lit, balbutiaient une prière, ressortaient. Les hommes, moins avides de ce spectacle, jetaient un seul coup d'œil de la fenêtre qu'on avait ouverte.

Mme Chicot expliquait l'agonie :

« V'là deux jours qu'il est comme ça, ni plus ni moins, ni plus haut ni plus bas. Dirait-on point eune pompe qu'a pu d'iau ? »

Quand tout le monde eut vu l'agonisant, on pensa à la collation ; mais, comme on était trop nombreux pour tenir dans la cuisine, on sortit la table devant la porte. Les quatre douzaines de douillons, dorés, appétissants, tiraient les yeux, disposés dans deux grands plats. Chacun avançait le bras pour prendre le sien, craignant qu'il n'y en eût pas assez. Mais il en resta quatre.

Maître Chicot, la bouche pleine, prononça :

« S'i nous véyait, l'pé, ça lui f'rait deuil. C'est li qui les aimait d'son vivant. »

Un gros paysan jovial déclara :

« I n'en mangera pu, à c't'heure. Chacun son tour. »

Cette réflexion, loin d'attrister les invités, sembla les réjouir. C'était leur tour, à eux, de manger des boules.

Mme Chicot, désolée de la dépense, allait sans cesse au cellier chercher du cidre. Les brocs se suivaient et se vidaient coup sur coup. On riait maintenant, on parlait fort, on commençait à crier comme on crie dans les repas.

Tout à coup une vieille paysanne qui était restée près du moribond, retenue par une peur avide de cette chose qui lui arriverait bientôt à elle-même, apparut à la fenêtre, et cria d'une voix aiguë :

« Il a passé ! il a passé ! »

Chacun se tut. Les femmes se levèrent vivement pour aller voir.

Il était mort, en effet. Il avait cessé de râler. Les hommes se regardaient, baissaient les yeux, mal à leur aise. On n'avait pas fini de mâcher les boules. Il avait mal choisi son moment, ce gredin-là.

Les Chicot, maintenant, ne pleuraient plus. C'était fini, ils étaient tranquilles. Ils répétaient :

« J'savions bien qu' ça n' pouvait point durer. Si seulement il avait pu s' décider c'te nuit, ça n'aurait point fait tout ce dérangement. »

N'importe, c'était fini. On l'enterrerait lundi, voilà tout, et on remangerait des douillons pour l'occasion.

Les invités s'en allèrent, en causant de la chose, contents tout de même d'avoir vu ça et aussi d'avoir cassé une croûte.

Et quand l'homme et la femme furent demeurés tout seuls, face à face, elle dit, la figure contractée par l'angoisse :

« Faudra tout d'même r'cuire quatre douzaines de boules ! Si seulement il avait pu s'décider c'te nuit ! »

Et le mari, plus résigné, répondit :

« Ça n' serait pas à r'faire tous les jours. »

Les Bijoux

M. Lantin ayant rencontré cette jeune fille, dans une soirée, chez son sous-chef de bureau, l'amour l'enveloppa comme un filet.

C'était la fille d'un percepteur de province, mort depuis plusieurs années. Elle était venue ensuite à Paris avec sa mère, qui fréquentait quelques familles bourgeoises de son quartier dans l'espoir de marier la jeune personne. Elles étaient pauvres et honorables, tranquilles et douces. La jeune fille semblait le type absolu de l'honnête femme à laquelle le jeune homme sage rêve de confier sa vie. Sa beauté modeste avait un charme de pudeur angélique, et l'imperceptible sourire qui ne quittait point ses lèvres semblait un reflet de son cœur.

Tout le monde chantait ses louanges ; tous ceux qui la connaissaient répétaient sans fin : « Heureux celui qui la prendra. On ne pourrait trouver mieux. »

M. Lantin, alors commis principal au ministère de l'intérieur, aux appointements[1] annuels de trois mille cinq cents francs, la demanda en mariage et l'épousa.

Il fut avec elle invraisemblablement heureux. Elle gouverna sa maison avec une économie si adroite qu'ils sem-

---

1. Revenus.

blaient vivre dans le luxe. Il n'était point d'attentions, de délicatesses, de chatteries[1] qu'elle n'eût pour son mari ; et la séduction de sa personne était si grande que, six ans après leur rencontre, il l'aimait plus encore qu'aux premiers jours.

Il ne blâmait en elle que deux goûts, celui du théâtre et celui des bijouteries fausses.

Ses amies (elle connaissait quelques femmes de modestes fonctionnaires) lui procuraient à tous moments des loges pour les pièces en vogue, même pour les premières représentations ; et elle traînait bon gré, mal gré, son mari à ces divertissements qui le fatiguaient affreusement après sa journée de travail. Alors il la supplia de consentir à aller au spectacle avec quelque dame de sa connaissance qui la ramènerait ensuite. Elle fut longtemps à céder, trouvant peu convenable cette manière d'agir. Elle s'y décida enfin par complaisance, et il lui en sut un gré infini.

Or, ce goût pour le théâtre fit bientôt naître en elle le besoin de se parer. Ses toilettes[2] demeuraient toutes simples, il est vrai, de bon goût toujours, mais modestes ; et sa grâce douce, sa grâce irrésistible, humble et souriante, semblait acquérir une saveur nouvelle de la simplicité de ses robes, mais elle prit l'habitude de pendre à ses oreilles deux gros cailloux du Rhin qui simulaient des diamants, et elle portait des colliers de perles fausses, des bracelets en similor[3], des peignes agrémentés de verroteries[4] variées jouant les pierres fines.

Son mari, que choquait un peu cet amour du clinquant, répétait souvent : « Ma chère, quand on n'a pas le moyen

---
1. Attitude câline, attentions délicates, paroles douces et enjôleuses.
2. Garde-robe.
3. Alliage de cuivre jaune et de zinc qui imite l'or.
4. Petit ouvrage constituant une bijouterie de peu de valeur.

de se payer des bijoux véritables, on ne se montre parée que de sa beauté et de sa grâce, voilà encore les plus rares joyaux. »

Mais elle souriait doucement et répétait : « Que veux-tu ? J'aime ça. C'est mon vice. Je sais bien que tu as raison ; mais on ne se refait pas. J'aurais adoré les bijoux, moi ! »

Et elle faisait rouler dans ses doigts les colliers de perles, miroiter les facettes des cristaux taillés, en répétant : « Mais regarde donc comme c'est bien fait. On jurerait du vrai. »

Il souriait en déclarant : « Tu as des goûts de Bohémienne. »

Quelquefois, le soir, quand ils demeuraient en tête à tête au coin du feu, elle apportait sur la table où ils prenaient le thé la boîte de maroquin[1] où elle enfermait la « pacotille »[2], selon le mot de M. Lantin ; et elle se mettait à examiner ces bijoux imités avec une attention passionnée, comme si elle eût savouré quelque jouissance secrète et profonde ; et elle s'obstinait à passer un collier au cou de son mari pour rire ensuite de tout son cœur en s'écriant : « Comme tu es drôle ! » Puis elle se jetait dans ses bras et l'embrassait éperdument.

Comme elle avait été à l'Opéra, une nuit d'hiver, elle rentra toute frissonnante de froid. Le lendemain elle toussait. Huit jours plus tard elle mourait d'une fluxion de poitrine.

Lantin faillit la suivre dans la tombe. Son désespoir fut si terrible que ses cheveux devinrent blancs en un mois. Il pleurait du matin au soir, l'âme déchirée d'une souffrance intolérable, hanté par le souvenir, par le sourire, par la voix, par tout le charme de la morte.

Le temps n'apaisa point sa douleur. Souvent pendant les

---

1. Cuir.
2. Marchandise de mauvaise qualité, sans valeur marchande.

heures du bureau, alors que les collègues s'en venaient causer un peu des choses du jour, on voyait soudain ses joues se gonfler, son nez se plisser, ses yeux s'emplir d'eau ; il faisait une grimace affreuse et se mettait à sangloter.

Il avait gardé intacte la chambre de sa compagne où il s'enfermait tous les jours pour penser à elle ; et tous les meubles, ses vêtements mêmes demeuraient à leur place comme ils se trouvaient au dernier jour.

Mais la vie se faisait dure pour lui. Ses appointements, qui, entre les mains de sa femme, suffisaient à tous les besoins du ménage, devenaient, à présent, insuffisants pour lui tout seul. Et il se demandait avec stupeur comment elle avait su s'y prendre pour lui faire boire toujours des vins excellents et manger des nourritures délicates qu'il ne pouvait plus se procurer avec ses modestes ressources.

Il fit quelques dettes et courut après l'argent à la façon des gens réduits aux expédients[1]. Un matin enfin, comme il se trouvait sans un sou, une semaine entière avant la fin du mois, il songea à vendre quelque chose ; et tout de suite la pensée lui vint de se défaire de la « pacotille » de sa femme, car il avait gardé au fond du cœur une sorte de rancune contre ces « trompe-l'œil » qui l'irritaient autrefois. Leur vue même, chaque jour, lui gâtait un peu le souvenir de sa bien-aimée.

Il chercha longtemps dans le tas de clinquants qu'elle avait laissés, car jusqu'aux derniers jours de sa vie elle en avait acheté obstinément, rapportant presque chaque soir un objet nouveau, et il se décida pour le grand collier qu'elle semblait préférer, et qui pouvait bien valoir, pensait-il, six ou huit francs, car il était vraiment d'un travail très soigné pour du faux.

---

1. Moyens ingénieux, parfois malhonnêtes pour se procurer de l'argent, afin de s'extirper d'une difficulté.

Il le mit en sa poche et s'en alla vers son ministère en suivant les boulevards, cherchant une boutique de bijoutier qui lui inspirât confiance.

Il en vit une enfin et entra, un peu honteux d'étaler ainsi sa misère et de chercher à vendre une chose de si peu de prix.

« Monsieur, dit-il au marchand, je voudrais bien savoir ce que vous estimez ce morceau. »

L'homme reçut l'objet, l'examina, le retourna, le soupesa, prit une loupe, appela son commis, lui fit tout bas des remarques, reposa le collier sur son comptoir et le regarda de loin pour mieux juger de l'effet.

M. Lantin, gêné par toutes ces cérémonies, ouvrait la bouche pour déclarer : « Oh ! je sais bien que cela n'a aucune valeur », — quand le bijoutier prononça :

« Monsieur, cela vaut de douze à quinze mille francs ; mais je ne pourrais l'acheter que si vous m'en faisiez connaître exactement la provenance. »

Le veuf ouvrit des yeux énormes et demeura béant, ne comprenant pas. Il balbutia enfin : « Vous dites ?... Vous êtes sûr. » L'autre se méprit sur son étonnement, et, d'un ton sec : « Vous pouvez chercher ailleurs si on vous en donne davantage. Pour moi cela vaut, au plus, quinze mille. Vous reviendrez me trouver si vous ne trouvez pas mieux. »

M. Lantin, tout à fait idiot, reprit son collier et s'en alla, obéissant à un confus besoin de se trouver seul et de réfléchir.

Mais, dès qu'il fut dans la rue, un besoin de rire le saisit, et il pensa : « L'imbécile ! oh ! l'imbécile ! Si je l'avais pris au mot tout de même ! En voilà un bijoutier qui ne sait pas distinguer le faux du vrai ! »

Et il pénétra chez un autre marchand à l'entrée de la rue de la Paix. Dès qu'il eut aperçu le bijou, l'orfèvre s'écria :

« Ah ! parbleu ; je le connais bien, ce collier ; il vient de chez moi. »

M. Lantin, fort troublé, demanda :

« Combien vaut-il ?

— Monsieur, je l'ai vendu vingt-cinq mille. Je suis prêt à le reprendre pour dix-huit mille, quand vous m'aurez indiqué, pour obéir aux prescriptions légales, comment vous en êtes détenteur. » Cette fois M. Lantin s'assit perclus d'étonnement. Il reprit : « Mais... mais, examinez-le bien attentivement, monsieur, j'avais cru jusqu'ici qu'il était en... faux. »

Le joaillier reprit : « Voulez-vous me dire votre nom, monsieur ?

— Parfaitement. Je m'appelle Lantin, je suis employé au ministère de l'intérieur, je demeure 16, rue des Martyrs. »

Le marchand ouvrit ses registres, rechercha, et prononça : « Ce collier a été envoyé en effet à l'adresse de Mme Lantin, 16, rue des Martyrs, le 20 juillet 1876. »

Et les deux hommes se regardèrent dans les yeux, l'employé éperdu de surprise, l'orfèvre flairant un voleur.

Celui-ci reprit : « Voulez-vous me laisser cet objet pendant vingt-quatre heures seulement, je vais vous en donner un reçu ? »

M. Lantin balbutia : « Mais oui, certainement. » Et il sortit en pliant le papier qu'il mit dans sa poche.

Puis il traversa la rue, la remonta, s'aperçut qu'il se trompait de route, redescendit aux Tuileries, passa la Seine, reconnut encore son erreur, revint aux Champs-Élysées sans une idée nette dans la tête. Il s'efforçait de raisonner, de comprendre. Sa femme n'avait pu acheter un objet d'une pareille valeur. — Non, certes. — Mais alors, c'était un cadeau ! Un cadeau ! Un cadeau de qui ? Pourquoi ?

Il s'était arrêté, et il demeurait debout au milieu de l'avenue. Le doute horrible l'effleura.

— Elle ? — Mais alors tous les autres bijoux étaient aussi des cadeaux ! Il lui sembla que la terre remuait ; qu'un arbre, devant lui, s'abattait ; il étendit les bras et s'écroula, privé de sentiment.

Il reprit connaissance dans la boutique d'un pharmacien où les passants l'avaient porté. Il se fit reconduire chez lui, et s'enferma.

Jusqu'à la nuit il pleura éperdument, mordant un mouchoir pour ne pas crier. Puis il se mit au lit accablé de fatigue et de chagrin, et il dormit d'un pesant sommeil.

Un rayon de soleil le réveilla, et il se leva lentement pour aller à son ministère. C'était dur de travailler après de pareilles secousses. Il réfléchit alors qu'il pouvait s'excuser auprès de son chef ; et il lui écrivit. Puis il songea qu'il fallait retourner chez le bijoutier ; et une honte l'empourpra. Il demeura longtemps à réfléchir. Il ne pouvait pourtant pas laisser le collier chez cet homme, il s'habilla et sortit.

Il faisait beau, le ciel bleu s'étendait sur la ville qui semblait sourire. Des flâneurs allaient devant eux, les mains dans leurs poches.

Lantin se dit, en les regardant passer : « Comme on est heureux quand on a de la fortune ! Avec de l'argent on peut secouer jusqu'aux chagrins, on va où l'on veut, on voyage, on se distrait ! Oh ! si j'étais riche ! »

Il s'aperçut qu'il avait faim, n'ayant pas mangé depuis l'avant-veille. Mais sa poche était vide, et il se ressouvint du collier. Dix-huit mille francs ! Dix-huit mille francs ! c'était une somme, cela !

Il gagna la rue de la Paix et commença à se promener de long en large sur le trottoir, en face de la boutique. Dix-huit mille francs ! Vingt fois il faillit entrer ; mais la honte l'arrêtait toujours.

Il avait faim pourtant, grand'faim, et pas un sou. Il se décida brusquement, traversa la rue en courant, pour ne pas se laisser le temps de réfléchir et il se précipita chez l'orfèvre.

Dès qu'il l'aperçut, le marchand s'empressa, offrit un siège avec une politesse souriante. Les commis eux-mêmes arrivèrent, qui regardaient de côté Lantin, avec des gaietés dans les yeux et sur les lèvres.

Le bijoutier déclara : « Je me suis renseigné, monsieur, et si vous êtes toujours dans les mêmes dispositions, je suis prêt à vous payer la somme que je vous ai proposée. »

L'employé balbutia : « Mais certainement. »

L'orfèvre tira d'un tiroir dix-huit grands billets, les compta, les tendit à Lantin, qui signa un petit reçu et mit d'une main frémissante l'argent dans sa poche.

Puis, comme il allait sortir, il se tourna vers le marchand qui souriait toujours, et, baissant les yeux : « J'ai... j'ai d'autres bijoux... qui me viennent... de la même succession. Vous conviendrait-il de me les acheter aussi ? »

Le marchand s'inclina : « Mais certainement, monsieur. » Un des commis sortit pour rire à son aise ; un autre se mouchait avec force.

Lantin impassible, rouge et grave, annonça : « Je vais vous les apporter. »

Et il prit un fiacre pour aller chercher les joyaux.

Quand il revint chez le marchand, une heure plus tard, il n'avait pas encore déjeuné. Ils se mirent à examiner les objets pièce à pièce, évaluant chacun. Presque tous venaient de la maison.

Lantin, maintenant, discutait les estimations, se fâchait, exigeait qu'on lui montrât les livres de vente, et parlait de plus en plus haut à mesure que s'élevait la somme.

Les gros brillants d'oreilles valent vingt mille francs, les bracelets trente-cinq mille, les broches, bagues et médaillons seize mille, une parure d'émeraudes et de saphirs quatorze mille ; un solitaire suspendu à une chaîne d'or formant collier quarante mille ; le tout atteignant le chiffre de cent quatre-vingt-seize mille francs.

Le marchand déclara avec une bonhomie railleuse[1] : « Cela vient d'une personne qui mettait toutes ses économies en bijoux. »

Lantin prononça gravement : « C'est une manière comme une autre de placer son argent. » Et il s'en alla après avoir décidé avec l'acquéreur qu'une contre-expertise aurait lieu le lendemain.

Quand il se trouva dans la rue, il regarda la colonne Vendôme avec l'envie d'y grimper, comme si c'eût été un mât de cocagne. Il se sentait léger à jouer à saute-mouton par-dessus la statue de l'Empereur perché là-haut dans le ciel.

Il alla déjeuner chez Voisin[2] et but du vin à vingt francs la bouteille.

Puis il prit un fiacre et fit un tour au Bois. Il regardait les équipages avec un certain mépris, oppressé du désir de crier aux passants : « Je suis riche aussi, moi. J'ai deux cent mille francs ! »

Le souvenir de son ministère lui revint. Il s'y fit conduire, entra délibérément chez son chef et annonça : « Je viens, monsieur, vous donner ma démission. J'ai fait un héritage de trois cent mille francs. » Il alla serrer la main de ses anciens collègues et leur confia ses projets d'existence nouvelle ; puis il dîna au Café Anglais.

Se trouvant à côté d'un monsieur qui lui parut distingué, il ne put résister à la démangeaison de lui confier, avec une certaine coquetterie, qu'il venait d'hériter de quatre cent mille francs.

---

1. Ironique, moqueuse.
2. Restaurant réputé pour la qualité de sa table et de sa cave, tout comme le Café Anglais, mentionné plus loin.

Pour la première fois de sa vie il ne s'ennuya pas au théâtre, et il passa sa nuit avec des filles.

Six mois plus tard il se remariait. Sa seconde femme était très honnête, mais d'un caractère difficile. Elle le fit beaucoup souffrir.

À cheval

Les pauvres gens vivaient péniblement des petits appointements[1] du mari. Deux enfants étaient nés depuis leur mariage, et la gêne première était devenue une de ces misères humbles, voilées, honteuses, une misère de famille noble qui veut tenir son rang quand même.

Hector de Gribelin avait été élevé en province, dans le manoir paternel, par un vieil abbé précepteur[2]. On n'était pas riche, mais on vivotait en gardant les apparences.

Puis, à vingt ans, on lui avait cherché une position, et il était entré, commis[3] à quinze cents francs, au ministère de la Marine. Il avait échoué sur cet écueil comme tous ceux qui ne sont point préparés de bonne heure au rude combat de la vie, tous ceux qui voient l'existence à travers un nuage, qui ignorent les moyens et les résistances, en qui on n'a pas développé dès l'enfance des aptitudes spéciales, des facultés particulières, une âpre énergie à la lutte, tous ceux à qui on n'a pas remis une arme ou un outil dans la main.

Ses trois premières années de bureau furent horribles.

Il avait retrouvé quelques amis de sa famille, vieilles gens

---

1. Revenus, salaire.
2. Éducateur chargé par une famille d'assurer l'instruction et l'éducation des enfants.
3. Employé, agent.

attardés et peu fortunés aussi, qui vivaient dans les rues nobles, les tristes rues du faubourg Saint-Germain ; et il s'était fait un cercle de connaissances.

Étrangers à la vie moderne, humbles et fiers, ces aristocrates nécessiteux habitaient les étages élevés de maisons endormies. Du haut en bas de ces demeures, les locataires étaient titrés ; mais l'argent semblait rare au premier comme au sixième.

Les éternels préjugés, la préoccupation du rang, le souci de ne pas déchoir[1], hantaient ces familles autrefois brillantes, et ruinées par l'inaction des hommes. Hector de Gribelin rencontra dans ce monde une jeune fille noble et pauvre comme lui, et l'épousa.

Ils eurent deux enfants en quatre ans.

Pendant quatre années encore, ce ménage, harcelé par la misère, ne connut d'autres distractions que la promenade aux Champs-Élysées, le dimanche, et quelques soirées au théâtre, une ou deux par hiver, grâce à des billets de faveur offerts par un collègue.

Mais voilà que, vers le printemps, un travail supplémentaire fut confié à l'employé par son chef, et il reçut une gratification extraordinaire de trois cents francs.

En rapportant cet argent, il dit à sa femme :

« Ma chère Henriette, il faut nous offrir quelque chose, par exemple une partie de plaisir pour les enfants. »

Et après une longue discussion, il fut décidé qu'on irait déjeuner à la campagne.

« Ma foi, s'écria Hector, une fois n'est pas coutume ; nous louerons un break[2] pour toi, les petits et la bonne,

---

1. Se retrouver dans un état socialement inférieur à celui où l'on est initialement.
2. Voiture à cheval découverte, à quatre roues.

et moi je prendrai un cheval au manège. Cela me fera du bien. »

Et pendant toute la semaine on ne parla que de l'excursion projetée.

Chaque soir, en rentrant du bureau, Hector saisissait son fils aîné, le plaçait à califourchon sur sa jambe, et, en le faisant sauter de toute sa force, il lui disait :

« Voilà comment il galopera, papa, dimanche prochain, à la promenade. »

Et le gamin, tout le jour, enfourchait les chaises et les traînait autour de la salle en criant :

« C'est papa à dada. »

Et la bonne elle-même regardait Monsieur d'un œil émerveillé, en songeant qu'il accompagnerait la voiture à cheval ; et pendant tous les repas elle l'écoutait parler d'équitation, raconter ses exploits de jadis, chez son père. Oh ! il avait été à bonne école, et, une fois la bête entre ses jambes, il ne craignait rien, mais rien !

Il répétait à sa femme en se frottant les mains :

« Si on pouvait me donner un animal un peu difficile, je serais enchanté. Tu verras comme je monte ; et, si tu veux, nous reviendrons par les Champs-Élysées au moment du retour du Bois[1]. Comme nous ferons bonne figure, je ne serais pas fâché de rencontrer quelqu'un du Ministère. Il n'en faut pas plus pour se faire respecter de ses chefs. »

Au jour dit, la voiture et le cheval arrivèrent en même temps devant la porte. Il descendit aussitôt, pour examiner sa monture. Il avait fait coudre des sous-pieds à son pantalon, et manœuvrait une cravache achetée la veille.

Il leva et palpa, l'une après l'autre, les quatre jambes de la bête, tâta le cou, les côtes, les jarrets, éprouva du doigt les reins, ouvrit la bouche, examina les dents, déclara son

---

1. Moment stratégique où l'avenue s'anime vraiment.

âge, et, comme toute la famille descendait, il fit une sorte de petit cours théorique et pratique sur le cheval en général et en particulier sur celui-là, qu'il reconnaissait excellent.

Quand tout le monde fut bien placé dans la voiture, il vérifia les sangles de la selle ; puis, s'enlevant sur un étrier, retomba sur l'animal, qui se mit à danser sous la charge et faillit désarçonner son cavalier.

Hector, ému, tâchait de le calmer :

« Allons, tout beau, mon ami, tout beau. »

Puis, quand le porteur eut repris sa tranquillité et le porté son aplomb, celui-ci demanda :

« Est-on prêt ? »

Toutes les voix répondirent :

« Oui. »

Alors, il commanda :

« En route ! »

Et la cavalcade s'éloigna.

Tous les regards étaient tendus sur lui. Il trottait à l'anglaise en exagérant les ressauts. À peine était-il retombé sur la selle qu'il rebondissait comme pour monter dans l'espace. Souvent il semblait prêt à s'abattre sur la crinière ; et il tenait ses yeux fixes devant lui, ayant la figure crispée et les joues pâles.

Sa femme, gardant sur ses genoux un des enfants, et la bonne qui portait l'autre, répétaient sans cesse :

« Regardez papa, regardez papa ! »

Et les deux gamins, grisés par le mouvement, la joie et l'air vif, poussaient des cris aigus. Le cheval, effrayé par ces clameurs, finit par prendre le galop, et, pendant que le cavalier s'efforçait de l'arrêter, le chapeau roula par terre. Il fallut que le cocher descendît de son siège pour ramasser cette coiffure, et, quand Hector l'eut reçue de ses mains, il s'adressa de loin à sa femme :

« Empêche donc les enfants de crier comme ça ; tu me ferais emporter ! »

On déjeuna sur l'herbe, dans les bois du Vésinet, avec les provisions déposées dans les coffres.

Bien que le cocher prît soin des trois chevaux, Hector à tout moment se levait pour aller voir si le sien ne manquait de rien ; et il le caressait sur le cou, lui faisant manger du pain, des gâteaux, du sucre.

Il déclara :

« C'est un rude trotteur. Il m'a même un peu secoué dans les premiers moments ; mais tu as vu que je m'y suis vite remis : il a reconnu son maître, il ne bougera plus maintenant. »

Comme il avait été décidé, on revint par les Champs-Élysées.

La vaste avenue fourmillait de voitures. Et, sur les côtés, les promeneurs étaient si nombreux qu'on eût dit deux longs rubans noirs se déroulant, depuis l'Arc de Triomphe jusqu'à la place de la Concorde. Une averse de soleil tombait sur tout ce monde, faisait étinceler le vernis des calèches, l'acier des harnais, les poignées des portières.

Une folie de mouvement, une ivresse de vie semblait agiter cette foule de gens, d'équipages et de bêtes. Et l'Obélisque, là-bas, se dressait dans une buée d'or.

Le cheval d'Hector, dès qu'il eut dépassé l'Arc de Triomphe, fut saisi soudain d'une ardeur nouvelle, et il filait à travers les roues au grand trot, vers l'écurie, malgré toutes les tentatives d'apaisement de son cavalier.

La voiture était loin maintenant, loin derrière ; et voilà qu'en face du Palais de l'Industrie[1], l'animal se voyant du champ, tourna à droite et prit le galop.

---

1. Édifié pour l'Exposition universelle de 1855, le Palais de l'Industrie fut remplacé par le Petit Palais en 1900.

Une vieille femme en tablier traversait la chaussée d'un pas tranquille ; elle se trouvait juste sur le chemin d'Hector, qui arrivait à fond de train. Impuissant à maîtriser sa bête, il se mit à crier de toute sa force :

« Holà ! hé ! holà ! là-bas ! »

Elle était sourde peut-être, car elle continua paisiblement sa route jusqu'au moment où, heurtée par le poitrail du cheval lancé comme une locomotive, elle alla rouler dix pas plus loin les jupes en l'air, après trois culbutes sur la tête.

Des voix criaient :

« Arrêtez-le ! »

Hector, éperdu, se cramponnait à la crinière en hurlant :

« Au secours ! »

Une secousse terrible le fit passer comme une balle par-dessus les oreilles de son coursier et tomber dans les bras d'un sergent de ville qui venait de se jeter à sa rencontre.

En une seconde, un groupe furieux, gesticulant, vociférant, se forma autour de lui. Un vieux monsieur surtout, un vieux monsieur portant une grande décoration ronde et de grandes moustaches blanches, semblait exaspéré. Il répétait :

« Sacrebleu, quand on est maladroit comme ça, on reste chez soi. On ne vient pas tuer les gens dans la rue quand on ne sait pas conduire un cheval. »

Mais quatre hommes, portant la vieille, apparurent. Elle semblait morte, avec sa figure jaune et son bonnet de travers, tout gris de poussière.

« Portez cette femme chez un pharmacien, commanda le vieux monsieur, et allons chez le commissaire de police. »

Hector, entre les deux agents, se mit en route. Un troisième tenait son cheval. Une foule suivait ; et soudain le break parut. Sa femme s'élança, la bonne perdait la tête, les marmots piaillaient. Il expliqua qu'il allait rentrer, qu'il avait renversé une femme, que ce n'était rien. Et sa famille, affolée, s'éloigna.

Chez le commissaire, l'explication fut courte. Il donna son nom, Hector de Gribelin, attaché au ministère de la Marine ; et on attendit des nouvelles de la blessée. Un agent envoyé aux renseignements revint. Elle avait repris connaissance, mais elle souffrait effroyablement en dedans, disait-elle. C'était une femme de ménage, âgée de soixante-cinq ans, et dénommée Mme Simon.

Quand il sut qu'elle n'était pas morte, Hector reprit espoir et promit de subvenir aux frais de sa guérison. Puis il courut chez le pharmacien.

Une cohue stationnait devant la porte ; la bonne femme, affaissée dans un fauteuil, geignait[1], les mains inertes, la face abrutie. Deux médecins l'examinaient encore. Aucun membre n'était cassé, mais on craignait une lésion interne.

Hector lui parla :

« Souffrez-vous beaucoup ?

— Oh ! oui.

— Où ça ?

— C'est comme un feu que j'aurais dans les estomacs. »

Un médecin s'approcha :

« C'est vous, monsieur, qui êtes l'auteur de l'accident ?

— Oui, monsieur.

— Il faudrait envoyer cette femme dans une maison de santé ; j'en connais une où on la recevrait à six francs par jour. Voulez-vous que je m'en charge ? »

Hector, ravi, remercia et rentra chez lui soulagé.

Sa femme l'attendait dans les larmes : il l'apaisa.

« Ce n'est rien, cette dame Simon va déjà mieux, dans trois jours il n'y paraîtra plus ; je l'ai envoyée dans une maison de santé ; ce n'est rien. »

Ce n'est rien !

En sortant de son bureau, le lendemain, il alla prendre

---

1. Du verbe geindre : gémissait.

des nouvelles de Mme Simon. Il la trouva en train de manger un bouillon gras d'un air satisfait.

« Eh bien ? » dit-il.

Elle répondit :

« Oh ! mon pauv' monsieur, ça n' change pas. Je me sens quasiment anéantie. N'y a pas de mieux. »

Le médecin déclara qu'il fallait attendre, une complication pouvant survenir.

Il attendit trois jours, puis il revint. La vieille femme, le teint clair, l'œil limpide, se mit à geindre en l'apercevant :

« Je n' peux pu r'muer, mon pauv' monsieur ; je n' peux pu. J'en ai pour jusqu'à la fin de mes jours. »

Un frisson courut dans les os d'Hector. Il demanda le médecin. Le médecin leva les bras :

« Que voulez-vous, monsieur, je ne sais pas moi. Elle hurle quand on essaye de la soulever. On ne peut même changer de place son fauteuil sans lui faire pousser des cris déchirants. Je dois croire ce qu'elle me dit, monsieur ; je ne suis pas dedans. Tant que je ne l'aurai pas vue marcher, je n'ai pas le droit de supposer un mensonge de sa part. »

La vieille écoutait, immobile, l'œil sournois.

Huit jours se passèrent ; puis quinze, puis un mois. Mme Simon ne quittait pas son fauteuil. Elle mangeait du matin au soir, engraissait, causait gaiement avec les autres malades, semblait accoutumée à l'immobilité comme si c'eût été le repos bien gagné par ses cinquante ans d'escaliers montés et descendus, de matelas retournés, de charbon porté d'étage en étage, de coups de balai et de coups de brosse.

Hector éperdu venait chaque jour ; chaque jour il la trouvait tranquille et sereine, et déclarant :

« Je n' peux pu r'muer, mon pauv' monsieur, je n' peux pu. »

Chaque soir, Mme de Gribelin demandait, dévorée d'angoisses :

« Et Mme Simon ? »

Et, chaque fois, il répondait avec un abattement désespéré :

« Rien de changé, absolument rien ! »

On renvoya la bonne, dont les gages[1] devenaient trop lourds. On économisa davantage encore, la gratification tout entière y passa.

Alors Hector assembla quatre grands médecins qui se réunirent autour de la vieille. Elle se laissa examiner, tâter, palper, en les guettant d'un œil malin.

« Il faut la faire marcher », dit l'un.

Elle s'écria :

« Je n' peux pu, mes bons messieurs, je n' peux pu ! »

Alors ils l'empoignèrent, la soulevèrent, la traînèrent quelques pas ; mais elle leur échappa des mains et s'écroula sur le plancher en poussant des clameurs si épouvantables qu'ils la reportèrent sur son siège avec des précautions infinies.

Ils émirent une opinion discrète, concluant cependant à l'impossibilité du travail.

Et, quand Hector apporta cette nouvelle à sa femme, elle se laissa choir[2] sur une chaise en balbutiant :

« Il vaudrait encore mieux la prendre ici, ça nous coûterait moins cher. »

Il bondit :

« Ici, chez nous, y penses-tu ? »

Mais elle répondit, résignée à tout maintenant, et avec des larmes dans les yeux :

« Que veux-tu, mon ami, ce n'est pas ma faute !... »

---

1. Somme versée régulièrement pour payer les services d'un domestique.
2. Tomber, chuter.

Un réveillon

Je ne sais plus au juste l'année. Depuis un mois entier je chassais avec emportement, avec une joie sauvage, avec cette ardeur qu'on a pour les passions nouvelles.

J'étais en Normandie, chez un parent non marié, Jules de Banneville, seul avec lui, sa bonne, un valet et un garde dans son château seigneurial. Ce château, vieux bâtiment grisâtre entouré de sapins gémissants, au centre de longues avenues de chênes où galopait le vent, semblait abandonné depuis des siècles. Un antique mobilier habitait seul les pièces toujours fermées, où jadis ces gens dont on voyait les portraits accrochés dans un corridor aussi tempétueux que les avenues recevaient cérémonieusement les nobles voisins.

Quant à nous, nous nous étions réfugiés simplement dans la cuisine, seul coin habitable du manoir, une immense cuisine dont les lointains sombres s'éclairaient quand on jetait une bourrée[1] nouvelle dans la vaste cheminée. Puis, chaque soir, après une douce somnolence devant le feu, après que nos bottes trempées avaient fumé longtemps et que nos chiens d'arrêt, couchés en rond entre nos jambes, avaient

---

1. Assemblage de petites branches formant un fagot.

rêvé de chasse en aboyant comme des somnambules, nous montions dans notre chambre.

C'était l'unique pièce qu'on eût fait plafonner et plâtrer partout, à cause des souris. Mais elle était demeurée nue, blanchie seulement à la chaux, avec des fusils, des fouets à chiens et des cors de chasse accrochés aux murs ; et nous nous glissions grelottants dans nos lits, aux deux coins de cette case sibérienne.

À une lieue en face du château, la falaise à pic tombait dans la mer ; et les puissants souffles de l'Océan, jour et nuit, faisaient soupirer les grands arbres courbés, pleurer le toit et les girouettes, crier tout le vénérable bâtiment, qui s'emplissait de vent par ses tuiles disjointes, ses cheminées larges comme des gouffres, ses fenêtres qui ne fermaient plus.

Ce jour-là il avait gelé horriblement. Le soir était venu. Nous allions nous mettre à table devant le grand feu de la haute cheminée où rôtissaient un râble de lièvre flanqué de deux perdrix qui sentaient bon.

Mon cousin leva la tête : « Il ne fera pas chaud en se couchant », dit-il.

Indifférent, je répliquai : « Non, mais nous aurons du canard aux étangs demain matin. »

La servante, qui mettait notre couvert à un bout de la table et celui des domestiques à l'autre bout, demanda : « Ces messieurs savent-ils que c'est ce soir le réveillon ? »

Nous n'en savions rien assurément, car nous ne regardions guère le calendrier. Mon compagnon reprit : « Alors c'est ce soir la messe de minuit. C'est donc pour cela qu'on a sonné toute la journée ! »

La servante répliqua : « Oui et non, monsieur ; on a sonné aussi parce que le père Fournel est mort. »

Le père Fournel, ancien berger, était une célébrité du pays.

Âgé de quatre-vingt-seize ans, il n'avait jamais été malade jusqu'au moment où, un mois auparavant, il avait pris froid, étant tombé dans une mare par une nuit obscure. Le lendemain il s'était mis au lit. Depuis lors il agonisait.

Mon cousin se tourna vers moi : « Si tu veux, dit-il, nous irons tout à l'heure voir ces pauvres gens. » Il voulait parler de la famille du vieux, son petit-fils, âgé de cinquante-huit ans, et sa petite belle-fille, d'une année plus jeune. La génération intermédiaire n'existait déjà plus depuis longtemps. Ils habitaient une lamentable masure, à l'entrée du hameau, sur la droite.

Mais je ne sais pourquoi cette idée de Noël, au fond de cette solitude, nous mit en humeur de causer. Tous les deux, en tête à tête, nous nous racontions des histoires de réveillons anciens, des aventures de cette nuit folle, les bonnes fortunes passées et les réveils du lendemain, les réveils à deux avec leurs surprises hasardeuses, l'étonnement des découvertes.

De cette façon, notre dîner dura longtemps. De nombreuses pipes le suivirent ; et, envahis par ces gaietés de solitaires, des gaietés communicatives qui naissent soudain entre deux intimes amis, nous parlions sans repos, fouillant en nous pour nous dire ces souvenirs confidentiels du cœur qui s'échappent en ces heures d'effusion[1].

La bonne, partie depuis longtemps, reparut : « Je vais à la messe, monsieur.

— Déjà !

— Il est minuit moins trois quarts.

— Si nous allions aussi jusqu'à l'église ? demanda Jules, cette messe de Noël est bien curieuse aux champs. »

J'acceptai, et nous partîmes, enveloppés en nos fourrures de chasse.

---

1. Action de donner libre cours à des sentiments profonds.

Un froid aigu piquait le visage, faisait pleurer les yeux. L'air cru saisissait les poumons, desséchait la gorge. Le ciel profond, net et dur, était criblé d'étoiles qu'on eût dites pâlies par la gelée ; elles scintillaient non point comme des feux, mais comme des astres de glace, des cristallisations brillantes. Au loin, sur la terre d'airain[1], sèche et retentissante, les sabots des paysans sonnaient ; et, par tout l'horizon, les petites cloches des villages, tintant, jetaient leurs notes grêles comme frileuses aussi, dans la vaste nuit glaciale.

La campagne ne dormait point. Des coqs, trompés par ces bruits, chantaient ; et en passant le long des étables, on entendait remuer les bêtes troublées par ces rumeurs de vie.

En approchant du hameau, Jules se ressouvint des Fournel. « Voici leur baraque, dit-il : entrons ! »

Il frappa longtemps en vain. Alors une voisine, qui sortait de chez elle pour se rendre à l'église, nous ayant aperçus : « Ils sont à la messe, messieurs ; ils vont prier pour le père. »

« Nous les verrons en sortant », dit mon cousin.

La lune à son déclin profilait au bord de l'horizon sa silhouette de faucille au milieu de cette semaille infinie de grains luisants jetés à poignée dans l'espace. Et par la campagne noire, des petits feux tremblants s'en venaient de partout vers le clocher pointu qui sonnait sans répit. Entre les cours des fermes plantées d'arbres, au milieu des plaines sombres, ils sautillaient, ces feux, en rasant la terre. C'étaient des lanternes de corne que portaient les paysans devant leurs femmes en bonnet blanc, enveloppées

---

1. Alliage de différents métaux, dont l'étain. L'image désigne ici l'extrême dureté du sol.

de longues mantes[1] noires, et suivies des mioches mal éveillés, se tenant la main dans la nuit.

Par la porte ouverte de l'église, on apercevait le chœur illuminé. Une guirlande de chandelles d'un sou faisait le tour de la nef ; et par terre, dans une chapelle à gauche, un gros Enfant-Jésus étalait sur de la vraie paille, au milieu des branches de sapin, sa nudité rose et maniérée.

L'office[2] commençait. Les paysans courbés, les femmes à genoux, priaient. Ces simples gens, relevés par la nuit froide, regardaient, tout remués, l'image grossièrement peinte, et ils joignaient les mains, naïvement convaincus autant qu'intimidés par l'humble splendeur de cette représentation puérile.

L'air glacé faisait palpiter les flammes. Jules me dit : « Sortons ! on est encore mieux dehors. »

Et sur la route déserte, pendant que tous les campagnards prosternés grelottaient dévotement, nous nous mîmes à recauser de nos souvenirs, si longtemps que l'office était fini quand nous revînmes au hameau.

Un filet de lumière passait sous la porte des Fournel. « Ils veillent leur mort, dit mon cousin. Entrons enfin chez ces pauvres gens, cela leur fera plaisir. »

Dans la cheminée, quelques tisons agonisaient. La pièce noire, vernie de saleté, avec ses solives[3] vermoulues brunies par le temps, était pleine d'une odeur suffocante de boudin grillé. Au milieu de la grande table, sous laquelle la huche[4]

---

1. Vêtements amples et sans manches, munis d'une capuche, et portés par les femmes au-dessus des autres habits pour se protéger du froid.
2. Messe.
3. Poutres.
4. Grand coffre de bois rectangulaire à couvercle plat, servant notamment à ranger les provisions ou le linge.

au pain s'arrondissait comme un ventre dans toute sa longueur, une chandelle, dans un chandelier de fer tordu, filait jusqu'au plafond l'âcre fumée de sa mèche en champignon. — Et les deux Fournel, l'homme et la femme, réveillonnaient en tête à tête.

Mornes, avec l'air navré et la face abrutie des paysans, ils mangeaient gravement sans dire un mot. Dans une seule assiette, posée entre eux, un grand morceau de boudin dégageait sa vapeur empestante. De temps en temps, ils en arrachaient un bout avec la pointe de leur couteau, l'écrasaient sur leur pain qu'ils coupaient en bouchées, puis mâchaient avec lenteur.

Quand le verre de l'homme était vide, la femme, prenant la cruche au cidre, le remplissait.

À notre entrée, ils se levèrent, nous firent asseoir, nous offrirent de « faire comme eux », et, sur notre refus, se remirent à manger.

Au bout de quelques minutes de silence, mon cousin demanda : « Eh bien, Anthime, votre grand-père est mort ?

— Oui, mon pauv' monsieur, il a passé tantôt. »

Le silence recommença. La femme, par politesse, moucha la chandelle[1]. Alors, pour dire quelque chose, j'ajoutai : « Il était bien vieux. »

Sa petite belle-fille de cinquante-sept ans reprit : « Oh ! son temps était terminé, il n'avait plus rien à faire ici. »

Soudain, le désir me vint de regarder le cadavre de ce centenaire, et je priai qu'on me le montrât.

Les deux paysans, jusque-là placides[2], s'émurent brusquement. Leurs yeux inquiets s'interrogèrent, et ils ne répondirent pas.

---

1. Moucher la chandelle, c'est raccourcir la mèche pour qu'elle éclaire bien.
2. Calmes.

Mon cousin, voyant leur trouble, insista.

L'homme alors, d'un air soupçonneux et sournois, demanda : « À quoi qu'ça vous servirait ?

— À rien, dit Jules, mais ça se fait tous les jours ; pourquoi ne voulez-vous pas le montrer ? »

Le paysan haussa les épaules. « Oh ! moi, j'veux ben ; seulement, à c'te heure-ci, c'est malaisé. »

Mille suppositions nous passaient dans l'esprit. Comme les petits-enfants du mort ne remuaient toujours pas, et demeuraient face à face, les yeux baissés, avec cette tête de bois des gens mécontents, qui semble dire : « Allez-vous-en », mon cousin parla avec autorité : « Allons, Anthime, levez-vous, et conduisez-nous dans sa chambre. » Mais l'homme, ayant pris son parti, répondit d'un air renfrogné : « C'est pas la peine, il n'y est pu, monsieur.

— Mais alors, où donc est-il ? »

La femme coupa la parole à son mari :

« J'vas vous dire : J'l'avons mis jusqu'à d'main dans la huche, parce que j'avions point d'place. »

Et, retirant l'assiette au boudin, elle leva le couvercle de leur table, se pencha avec la chandelle pour éclairer l'intérieur du grand coffre béant au fond duquel nous aperçûmes quelque chose de gris, une sorte de long paquet d'où sortait, par un bout, une tête maigre avec des cheveux blancs ébouriffés, et, par l'autre bout, deux pieds nus.

C'était le vieux, tout sec, les yeux clos, roulé dans son manteau de berger, et dormant là son dernier sommeil, au milieu d'antiques et noires croûtes de pain, aussi séculaires[1] que lui.

Ses enfants avaient réveillonné dessus !

Jules, indigné, tremblant de colère, cria : « Pourquoi

---

1. Qui a lieu une fois par siècle ; vieux d'un siècle. En l'occurrence, anciennes.

ne l'avez-vous pas laissé dans son lit, manants[1] que vous êtes ? »

Alors la femme se mit à larmoyer, et très vite : « J'vas vous dire, mon bon monsieur, j'avons qu'un lit dans la maison. J'couchions avec lui auparavant puisque j'étions qu'trois. D'puis qu'il est si malade, j'couchons par terre ; c'est dur, mon brave monsieur, dans ces temps ici. Eh ben, quand il a été trépassé, tantôt, j'nous sommes dit comme ça : Puisqu'il n'souffre pu, c't'homme, à quoi qu'ça sert de l'laisser dans le lit ? j'pouvons ben l'mettre jusqu'à d'main dans la huche, et je r'prendrions l'lit c'te nuit qui s'ra si froide. J'pouvions pourtant pas coucher avec ce mort, mes bons messieurs !... »

Mon cousin, exaspéré, sortit brusquement en claquant la porte, tandis que je le suivais, riant aux larmes.

---

1. Paysans rustres, sans éducation (très péjoratif).

« *Coco, coco, coco frais !* »

J'avais entendu raconter la mort de mon oncle Ollivier.

Je savais qu'au moment où il allait expirer doucement, tranquillement, dans l'ombre de sa grande chambre dont on avait fermé les volets à cause d'un terrible soleil de juillet ; au milieu du silence étouffant de cette brûlante après-midi d'été, on entendit dans la rue une petite sonnette argentine[1]. Puis, une voix claire traversa l'alourdissante chaleur : « Coco frais, rafraîchissez-vous — mesdames, — coco, coco, qui veut du coco ? »

Mon oncle fit un mouvement, quelque chose comme l'effleurement d'un sourire remua sa lèvre, une gaieté dernière brilla dans son œil qui, bientôt après, s'éteignit pour toujours.

J'assistais à l'ouverture du testament. Mon cousin Jacques héritait naturellement des biens de son père ; au mien, comme souvenir, étaient légués quelques meubles. La dernière clause me concernait. La voici : « À mon neveu Pierre, je laisse un manuscrit de quelques feuillets qu'on trouvera dans le tiroir gauche de mon secrétaire ; plus cinq cents francs pour acheter son fusil de chasse, et cent francs

---

1. Cristalline ; très vibrante, sonnant comme l'argent.

qu'il voudra bien remettre de ma part au premier marchand de coco qu'il rencontrera !... »

Ce fut une stupéfaction générale. Le manuscrit qui me fut remis m'expliqua ce legs surprenant.

Je le copie textuellement :

« L'homme a toujours vécu sous le joug[1] des superstitions. On croyait autrefois qu'une étoile s'allumait en même temps que naissait un enfant ; qu'elle suivait les vicissitudes[2] de sa vie, marquant les bonheurs par son éclat, les misères par son obscurcissement. On croit à l'influence des comètes, des années bissextiles, des vendredis, du nombre treize. On s'imagine que certaines gens jettent des sorts, le mauvais œil. On dit : "Sa rencontre m'a toujours porté malheur." Tout cela est vrai. J'y crois. — Je m'explique : je ne crois pas à l'influence occulte[3] des choses ou des êtres ; mais je crois au hasard bien ordonné. Il est certain que le hasard a fait s'accomplir des événements importants pendant que des comètes visitaient notre ciel ; qu'il en a placé dans les années bissextiles ; que certains malheurs remarqués sont tombés le vendredi, ou bien ont coïncidé avec le nombre treize ; que la vue de certaines personnes a concordé avec le retour de certains faits, etc. De là naissent les superstitions. Elles se forment d'une observation incomplète, superficielle, qui voit la cause dans la coïncidence et ne cherche pas au-delà.

« Or, mon étoile à moi, ma comète, mon vendredi, mon nombre treize, mon jeteur de sorts, c'est bien certainement un marchand de coco.

« Le jour de ma naissance, m'a-t-on dit, il y en eut un qui cria toute la journée sous nos fenêtres.

---

1. Dépendance, servitude.
2. Succession d'événements, essentiellement malheureux.
3. Cachée et mystérieuse.

« À huit ans, comme j'allais me promener avec ma bonne aux Champs-Élysées, et que nous traversions la grande avenue, un de ces industriels agita soudain sa sonnette derrière mon dos. Ma bonne regardait au loin un régiment qui passait ; je me retournai pour voir le marchand de coco. Une voiture à deux chevaux, luisante et rapide comme un éclair, arrivait sur nous. Le cocher cria. Ma bonne n'entendit pas ; moi non plus. Je me sentis renversé, roulé, meurtri... et je me trouvai, je ne sais comment, dans les bras du marchand de coco qui, pour me réconforter, me mit la bouche sous un de ses robinets, l'ouvrit et m'aspergea... ce qui me remit tout à fait.

« Ma bonne avait le nez cassé. Et si elle continua à regarder les régiments, les régiments ne la regardèrent plus.

« À seize ans, je venais d'acheter mon premier fusil, et, la veille de l'ouverture de la chasse, je me dirigeais vers le bureau de la diligence, en donnant le bras à ma vieille mère qui allait fort lentement à cause de ses rhumatismes. Tout à coup, derrière nous, j'entendis crier : "Coco, coco, coco frais !" La voix se rapprocha, nous suivit, nous poursuivit ! Il me semblait qu'elle s'adressait à moi, que c'était une personnalité, une insulte. Je crus qu'on me regardait en riant : et l'homme criait toujours : "Coco frais !" comme s'il se fût moqué de mon fusil brillant, de ma carnassière[1] neuve, de mon costume de chasse tout "*frais*" en velours marron.

« Dans la voiture je l'entendais encore.

« Le lendemain, je n'abattis aucun gibier ; mais je tuai un chien courant que je pris pour un lièvre ; une jeune poule que je crus être une perdrix. Un petit oiseau se posa sur une haie ; je tirai, il s'envola ; mais un beuglement terrible

---

1. Petit sac où l'on place le gibier tué lors de la chasse (appelé aussi gibecière).

me cloua sur place. Il dura jusqu'à la nuit... Hélas ! mon père dut payer la vache d'un pauvre fermier.

« À vingt-cinq ans, je vis, un matin, un vieux marchand de coco, très ridé, très courbé, qui marchait à peine, appuyé sur son bâton et comme écrasé par sa fontaine. Il me parut être une sorte de divinité, comme le patriarche, l'ancêtre, le grand chef de tous les marchands de coco du monde. Je bus un verre de coco et je le payai vingt sous. Une voix profonde, qui semblait plutôt sortir de la boîte en fer-blanc que de l'homme qui la portait, gémit : "Cela vous portera bonheur, mon cher monsieur."

« Ce jour-là je fis la connaissance de ma femme qui me rendit toujours heureux.

« Enfin voici comment un marchand de coco m'empêcha d'être préfet.

« Une révolution venait d'avoir lieu. Je fus pris du besoin de devenir un homme public. J'étais riche, estimé, je connaissais un ministre ; je demandai une audience en indiquant le but de ma visite. Elle me fut accordée de la façon la plus aimable.

« Au jour dit (c'était en été, il faisait une chaleur terrible), je mis un pantalon clair, des gants clairs, des bottines de drap clair aux bouts de cuir verni. Les rues étaient brûlantes. On enfonçait dans les trottoirs qui fondaient ; et de gros tonneaux d'arrosage faisaient un cloaque[1] des chaussées. De place en place des balayeurs faisaient un tas de cette boue chaude et pour ainsi dire factice, et la poussaient dans les égouts. Je ne pensais qu'à mon audience, et j'allais vite, quand je rencontrai un de ces flots vaseux ; je pris mon élan, une... deux... Un cri aigu, terrible, me perça les oreilles : "Coco, coco, coco, qui veut du coco ?" Je fis un mouvement involontaire des gens surpris ; je glissai...

---

1. Bourbier, gadoue.

Ce fut une chose lamentable, atroce... j'étais assis dans cette fange[1]... mon pantalon était devenu foncé, ma chemise blanche tachetée de boue ; mon chapeau nageait à côté de moi. La voix furieuse, enrouée à force de crier, hurlait toujours : "Coco, coco !" Et devant moi vingt personnes, que secouait un rire formidable, faisaient d'horribles grimaces en me regardant.

« Je rentrai chez moi en courant. Je me changeai. L'heure de l'audience était passée. »

Le manuscrit se terminait ainsi :

« Fais-toi l'ami d'un marchand de coco, mon petit Pierre. Quant à moi, je m'en irai content de ce monde, si j'en entends crier un au moment de mourir. »

Le lendemain je rencontrai aux Champs-Élysées un vieux, très vieux porteur de fontaine qui paraissait fort misérable. Je lui donnai les cent francs de mon oncle. Il tressaillit stupéfait, puis me dit : « Grand merci, mon petit homme, cela vous portera bonheur. »

---

1. Boue épaisse.

En famille

Le tramway de Neuilly venait de passer la porte Maillot et il filait maintenant tout le long de la grande avenue qui aboutit à la Seine. La petite machine, attelée à son wagon, cornait[1] pour écarter les obstacles, crachait sa vapeur, haletait comme une personne essoufflée qui court ; et ses pistons faisaient un bruit précipité de jambes de fer en mouvement. La lourde chaleur d'une fin de journée d'été tombait sur la route d'où s'élevait, bien qu'aucune brise ne soufflât, une poussière blanche, crayeuse, opaque, suffocante et chaude, qui se collait sur la peau moite, emplissait les yeux, entrait dans les poumons.

Des gens venaient sur leurs portes, cherchant de l'air.

Les glaces de la voiture étaient baissées, et tous les rideaux flottaient agités par la course rapide. Quelques personnes seulement occupaient l'intérieur (car on préférait, par ces jours chauds, l'impériale[2] ou les plates-formes). C'étaient de grosses dames aux toilettes farces[3], de ces bourgeoises de banlieue qui remplacent la distinction dont

---

1. Sonnait, klaxonnait.
2. Partie supérieure d'un transport en commun sur lequel les passagers peuvent monter.
3. Employé ici comme adjectif avec le sens de plaisantes.

elles manquent par une dignité intempestive[1] ; des messieurs las du bureau, la figure jaunie, la taille tournée, une épaule un peu remontée par les longs travaux courbés sur les tables. Leurs faces inquiètes et tristes disaient encore les soucis domestiques, les incessants besoins d'argent, les anciennes espérances définitivement déçues ; car tous appartenaient à cette armée de pauvres diables râpés qui végètent économiquement dans une chétive maison de plâtre, avec une plate-bande pour jardin, au milieu de cette campagne à dépotoirs qui borde Paris.

Tout près de la portière, un homme petit et gros, la figure bouffie, le ventre tombant entre ses jambes ouvertes, tout habillé de noir et décoré, causait avec un grand maigre d'aspect débraillé, vêtu de coutil[2] blanc très sale et coiffé d'un vieux panama[3]. Le premier parlait lentement, avec des hésitations qui le faisaient parfois paraître bègue ; c'était M. Caravan, commis principal au ministère de la Marine. L'autre, ancien officier de santé à bord d'un bâtiment de commerce, avait fini par s'établir au rond-point de Courbevoie où il appliquait sur la misérable population de ce lieu les vagues connaissances médicales qui lui restaient après une vie aventureuse. Il se nommait Chenet et se faisait appeler docteur. Des rumeurs couraient sur sa moralité.

M. Caravan avait toujours mené l'existence normale des bureaucrates. Depuis trente ans, il venait invariablement à son bureau, chaque matin, par la même route, rencontrant à la même heure, aux mêmes endroits, les mêmes figures d'hommes allant à leurs affaires ; et il s'en retournait, chaque soir, par le même chemin où il retrouvait encore les mêmes visages qu'il avait vus vieillir.

---
1. Malvenue, déplacée.
2. Étoffe solide et rustique.
3. Chapeau d'été pour homme, en paille fine, souple et léger.

Tous les jours, après avoir acheté sa feuille d'un sou[1] à l'encoignure du faubourg Saint-Honoré, il allait chercher ses deux petits pains, puis il entrait au ministère à la façon d'un coupable qui se constitue prisonnier ; et il gagnait son bureau vivement, le cœur plein d'inquiétude, dans l'attente éternelle d'une réprimande pour quelque négligence qu'il aurait pu commettre.

Rien n'était jamais venu modifier l'ordre monotone de son existence ; car aucun événement ne le touchait en dehors des affaires du bureau, des avancements et des gratifications[2]. Soit qu'il fût au ministère, soit qu'il fût dans sa famille (car il avait épousé, sans dot, la fille d'un collègue), il ne parlait jamais que du service. Jamais son esprit atrophié par la besogne abêtissante et quotidienne n'avait plus d'autres pensées, d'autres espoirs, d'autres rêves, que ceux relatifs à son ministère. Mais une amertume gâtait toujours ses satisfactions d'employé : l'accès des commissaires de marine, des ferblantiers[3], comme on disait à cause de leurs galons d'argent, aux emplois de sous-chef et de chef ; et chaque soir, en dînant, il argumentait fortement devant sa femme, qui partageait ses haines, pour prouver qu'il est inique[4] à tous égards de donner des places à Paris aux gens destinés à la navigation.

Il était vieux, maintenant, n'ayant point senti passer sa vie, car le collège, sans transition, avait été continué par le bureau, et les pions, devant qui il tremblait autrefois, étaient aujourd'hui remplacés par les chefs, qu'il redoutait effroyablement. Le seuil de ces despotes[5] en chambre le faisait

---

1. Journal bon marché, dont le contenu est bas de gamme.
2. Récompenses.
3. Cette expression imagée s'explique parce que le ferblantier fabrique et vend des objets de fer-blanc, ressemblant aux galons d'argent.
4. Injuste.
5. Tyrans.

frémir des pieds à la tête ; et de cette continuelle épouvante il gardait une manière gauche de se présenter, une attitude humble et une sorte de bégaiement nerveux.

Il ne connaissait pas plus Paris que ne le peut connaître un aveugle conduit par son chien, chaque jour, sous la même porte ; et s'il lisait dans son journal d'un sou les événements et les scandales, il les percevait comme des contes fantaisistes inventés à plaisir pour distraire les petits employés. Homme d'ordre, réactionnaire sans parti déterminé, mais ennemi des *nouveautés*, il passait les faits politiques, que sa feuille, du reste, défigurait toujours pour les besoins payés d'une cause ; et quand il remontait tous les soirs l'avenue des Champs-Élysées, il considérait la foule houleuse des promeneurs et le flot roulant des équipages à la façon d'un voyageur dépaysé qui traverserait des contrées lointaines.

Ayant complété, cette année même, ses trente années de service obligatoire, on lui avait remis, au 1er janvier, la croix de la Légion d'honneur, qui récompense, dans ces administrations militarisées, la longue et misérable servitude[1] — (on dit : *loyaux services*) — de ces tristes forçats[2] rivés au carton vert. Cette dignité inattendue, lui donnant de sa capacité une idée haute et nouvelle, avait en tout changé ses mœurs[3]. Il avait dès lors supprimé les pantalons de couleur et les vestons de fantaisie, porté des culottes[4] noires et de longues redingotes[5] où son *ruban*, très large, faisait mieux ; et, rasé tous les matins, écurant ses ongles avec plus de soin, changeant de linge tous les deux jours

---

1. Esclavage.
2. Prisonniers (à l'origine, tout criminel condamné aux travaux forcés).
3. Habitudes.
4. Pantalons (terme vieilli).
5. Vêtements d'homme à longues basques (parties du vêtement qui descendent en dessous de la taille), et ajusté à la taille.

par un légitime sentiment de convenances et de respect pour l'*Ordre* national dont il faisait partie, il était devenu, du jour au lendemain, un autre Caravan, rincé, majestueux et condescendant[1].

Chez lui, il disait « ma croix » à tout propos. Un tel orgueil lui était venu, qu'il ne pouvait plus même souffrir à la boutonnière des autres aucun ruban d'aucune sorte. Il s'exaspérait surtout à la vue des ordres étrangers — « qu'on ne devrait pas laisser porter en France » ; et il en voulait particulièrement au docteur Chenet qu'il retrouvait tous les soirs au tramway, orné d'une décoration quelconque, blanche, bleue, orange ou verte.

La conversation des deux hommes, depuis l'Arc de Triomphe jusqu'à Neuilly, était, du reste, toujours la même ; et, ce jour-là comme les précédents, ils s'occupèrent d'abord de différents abus locaux qui les choquaient l'un et l'autre, le maire de Neuilly en prenant à son aise. Puis, comme il arrive infailliblement en compagnie d'un médecin, Caravan aborda le chapitre des maladies, espérant de cette façon glaner[2] quelques petits conseils gratuits, ou même une consultation, en s'y prenant bien, sans laisser voir la ficelle. Sa mère, du reste, l'inquiétait depuis quelque temps. Elle avait des syncopes[3] fréquentes et prolongées ; et, bien que vieille de quatre-vingt-dix ans, elle ne consentait point à se soigner.

Son grand âge attendrissait Caravan, qui répétait sans cesse au *docteur* Chenet : « En voyez-vous souvent arriver là ? » Et il se frottait les mains avec bonheur, non qu'il tînt peut-être beaucoup à voir la bonne femme s'éterniser sur terre, mais parce que la longue durée de la vie maternelle était comme une promesse pour lui-même.

---

1. Marquant sa supériorité.
2. Recueillir.
3. Pertes de connaissance.

Il continua : « Oh ! dans ma famille, on va loin ; ainsi, moi, je suis sûr qu'à moins d'accident je mourrai très vieux. » L'officier de santé jeta sur lui un regard de pitié ; il considéra une seconde la figure rougeaude de son voisin, son cou graisseux, son bedon tombant entre deux jambes flasques et grasses, toute sa rondeur apoplectique[1] de vieil employé ramolli ; et, relevant d'un coup de main le panama grisâtre qui lui couvrait le chef, il répondit en ricanant : « Pas si sûr que ça, mon bon, votre mère est une astèque[2] et vous n'êtes qu'un plein-de-soupe. » Caravan, troublé, se tut.

Mais le tramway arrivait à la station. Les deux compagnons descendirent, et M. Chenet offrit le vermouth[3] au café du Globe, en face, où l'un et l'autre avaient leurs habitudes. Le patron, un ami, leur allongea deux doigts qu'ils serrèrent par-dessus les bouteilles du comptoir ; et ils allèrent rejoindre trois amateurs de dominos[4], attablés là depuis midi. Des paroles cordiales furent échangées, avec le « Quoi de neuf ? » inévitable. Ensuite les joueurs se remirent à leur partie ; puis on leur souhaita le bonsoir. Ils tendirent leurs mains sans lever la tête ; et chacun rentra dîner.

Caravan habitait, auprès du rond-point de Courbevoie, une petite maison à deux étages dont le rez-de-chaussée était occupé par un coiffeur.

Deux chambres, une salle à manger et une cuisine où des sièges recollés erraient de pièce en pièce selon les besoins, formaient tout l'appartement que Mme Caravan

---

1. Guetté par l'apoplexie (attaque cérébrale).
2. Pour aztèque, le terme désigne un individu maigre et décharné. Vers 1855, la présentation de deux monstres aux petites têtes faussement présentés comme aztèques facilita cette désignation péjorative.
3. Apéritif à base de vin blanc et de plantes aromatiques.
4. Très présent dans la littérature de l'époque, ce jeu est présenté comme le passe-temps principal des inactifs.

passait son temps à nettoyer, tandis que sa fille Marie-Louise, âgée de douze ans, et son fils Philippe-Auguste, âgé de neuf, galopinaient dans les ruisseaux de l'avenue, avec tous les polissons du quartier.

Au-dessus de lui, Caravan avait installé sa mère, dont l'avarice était célèbre aux environs et dont la maigreur faisait dire que le *Bon Dieu* avait appliqué sur elle-même ses propres principes de parcimonie[1]. Toujours de mauvaise humeur, elle ne passait point un jour sans querelles et sans colères furieuses. Elle apostrophait de sa fenêtre les voisins sur leurs portes, les marchandes des quatre saisons, les balayeurs et les gamins qui, pour se venger, la suivaient de loin, quand elle sortait, en criant : « À la chie-en-lit ! »

Une petite bonne normande, incroyablement étourdie, faisait le ménage et couchait au second près de la vieille, dans la crainte d'un accident.

Lorsque Caravan rentra chez lui, sa femme, atteinte d'une maladie chronique de nettoyage, faisait reluire avec un morceau de flanelle l'acajou des chaises éparses dans la solitude des pièces. Elle portait toujours des gants de fil, ornait sa tête d'un bonnet à rubans multicolores sans cesse chaviré sur une oreille, et répétait, chaque fois qu'on la surprenait cirant, brossant, astiquant ou lessivant : « Je ne suis pas riche, chez moi tout est simple, mais la propreté c'est mon luxe, et celui-ci en vaut bien un autre. »

Douée d'un sens pratique opiniâtre[2], elle était en tout le guide de son mari. Chaque soir, à table, et puis dans leur lit, ils causaient longuement des affaires du bureau, et, bien qu'elle eût vingt ans de moins que lui, il se confiait à elle comme à un directeur de conscience, et suivait en tout ses conseils.

---

1. Économie rigoureuse, mesure, réserve.
2. Constant, indestructible.

Elle n'avait jamais été jolie ; elle était laide maintenant, de petite taille et maigrelette. L'inhabileté de sa vêture avait toujours fait disparaître ses faibles attributs féminins qui auraient dû saillir avec art sous un habillage bien entendu. Ses jupes semblaient sans cesse tournées d'un côté ; et elle se grattait souvent, n'importe où, avec indifférence du public, par une sorte de manie qui touchait au tic. Le seul ornement qu'elle se permît consistait en une profusion de rubans de soie entremêlés sur les bonnets prétentieux qu'elle avait coutume de porter chez elle.

Aussitôt qu'elle aperçut son mari, elle se leva, et, l'embrassant sur ses favoris : « As-tu pensé à Potin, mon ami ? » (C'était pour une commission qu'il avait promis de faire.) Mais il tomba atterré sur un siège ; il venait encore d'oublier pour la quatrième fois : « C'est une fatalité, disait-il, c'est une fatalité ; j'ai beau y penser toute la journée, quand le soir vient, j'oublie toujours. » Mais comme il semblait désolé, elle le consola : « Tu y songeras demain, voilà tout. Rien de neuf au ministère ?

— Si, une grande nouvelle : encore un ferblantier nommé sous-chef. »

Elle devint très sérieuse :

« À quel bureau ?

— Au bureau des achats extérieurs. »

Elle se fâchait :

« À la place de Ramon alors, juste celle que je voulais pour toi ; et lui, Ramon ? à la retraite ? »

Il balbutia : « À la retraite. » Elle devint rageuse, le bonnet partit sur l'épaule :

« C'est fini, vois-tu, cette boîte-là, rien à faire là-dedans maintenant. Et comment s'appelle-t-il, ton commissaire ?

— Bonassot. »

Elle prit l'Annuaire de la marine, qu'elle avait toujours sous la main, et chercha : « Bonassot. — Toulon. — Né en

1851. — Élève-commissaire en 1871, sous-commissaire en 1875. »

« A-t-il navigué, celui-là ? »

À cette question, Caravan se rasséréna. Une gaieté lui vint qui secouait son ventre : « Comme Balin, juste comme Balin, son chef. » Et il ajouta, dans un rire plus fort, une vieille plaisanterie que tout le ministère trouvait délicieuse : « Il ne faudrait pas les envoyer par eau inspecter la Station navale du Point-du-Jour, ils seraient malades sur les bateaux-mouches. »

Mais elle restait grave comme si elle n'avait pas entendu, puis elle murmura en se grattant lentement le menton : « Si seulement on avait un député dans sa manche ? Quand la Chambre saura tout ce qui se passe là-dedans, le ministre sautera du coup... »

Des cris éclatèrent dans l'escalier, coupant sa phrase. Marie-Louise et Philippe-Auguste, qui revenaient du ruisseau, se flanquaient, de marche en marche, des gifles et des coups de pied. Leur mère s'élança, furieuse, et, les prenant chacun par un bras, elle les jeta dans l'appartement en les secouant avec vigueur.

Sitôt qu'ils aperçurent leur père, ils se précipitèrent sur lui, et il les embrassa tendrement, longtemps ; puis, s'asseyant, les prit sur ses genoux et fit la causette avec eux.

Philippe-Auguste était un vilain mioche, dépeigné, sale des pieds à la tête, avec une figure de crétin. Marie-Louise ressemblait à sa mère, parlait comme elle, répétant ses paroles, l'imitant même en ses gestes. Elle dit aussi : « Quoi de neuf au ministère ? » Il lui répondit gaiement : « Ton ami Ramon, qui vient dîner ici tous les mois, va nous quitter, fifille. Il y a un nouveau sous-chef à sa place. » Elle leva les yeux sur son père, et, avec une commisération d'enfant précoce : « Encore un qui t'a passé sur le dos, alors. »

Il finit de rire et ne répondit pas ; puis, pour faire diversion, s'adressant à sa femme qui nettoyait maintenant les vitres :

« La maman va bien, là-haut ? »

Mme Caravan cessa de frotter, se retourna, redressa son bonnet tout à fait parti dans le dos, et, la lèvre tremblante :

« Ah ! oui, parlons-en de ta mère ! Elle m'en a fait une jolie ! Figure-toi que tantôt Mme Lebaudin, la femme du coiffeur, est montée pour m'emprunter un paquet d'amidon, et comme j'étais sortie, ta mère l'a chassée en la traitant de "mendiante". Aussi je l'ai arrangée, la vieille. Elle a fait semblant de ne pas entendre comme toujours quand on lui dit ses vérités, mais elle n'est pas plus sourde que moi, vois-tu ; c'est de la frime, tout ça ; et la preuve, c'est qu'elle est remontée dans sa chambre, aussitôt, sans dire un mot. »

Caravan, confus, se taisait, quand la petite bonne se précipita pour annoncer le dîner. Alors, afin de prévenir sa mère, il prit un manche à balai toujours caché dans un coin et frappa trois coups au plafond. Puis on passa dans la salle, et Mme Caravan la jeune servit le potage, en attendant la vieille. Elle ne venait pas, et la soupe refroidissait. Alors on se mit à manger tout doucement ; puis, quand les assiettes furent vides, on attendit encore. Mme Caravan, furieuse, s'en prenait à son mari : « Elle le fait exprès, sais-tu. Aussi tu la soutiens toujours. » Lui, fort perplexe, pris entre les deux, envoya Marie-Louise chercher grand-maman, et il demeura immobile, les yeux baissés, tandis que sa femme tapait rageusement le pied de son verre avec le bout de son couteau.

Soudain la porte s'ouvrit, et l'enfant seule réapparut tout essoufflée et fort pâle ; elle dit très vite : « Grand-maman est tombée par terre. »

Caravan, d'un bond, fut debout, et, jetant sa serviette sur la table, il s'élança dans l'escalier, où son pas lourd et précipité retentit, pendant que sa femme, croyant à une ruse méchante de sa belle-mère, s'en venait plus doucement en haussant avec mépris les épaules.

La vieille gisait tout de son long sur la face au milieu de la chambre, et, lorsque son fils l'eut retournée, elle apparut, immobile et sèche, avec sa peau jaunie, plissée, tannée, ses yeux clos, ses dents serrées, et tout son corps maigre raidi.

Caravan, à genoux près d'elle, gémissait : « Ma pauvre mère, ma pauvre mère ! » Mais l'autre Mme Caravan, après l'avoir considérée un instant, déclara : « Bah ! elle a encore une syncope, voilà tout ; c'est pour nous empêcher de dîner, sois-en sûr. »

On porta le corps sur le lit, on le déshabilla complètement ; et tous, Caravan, sa femme, la bonne, se mirent à le frictionner. Malgré leurs efforts, elle ne reprit pas connaissance. Alors on envoya Rosalie chercher le *docteur* Chenet. Il habitait sur le quai, vers Suresnes. C'était loin, l'attente fut longue. Enfin il arriva, et, après avoir considéré, palpé, ausculté la vieille femme, il prononça : « C'est la fin. »

Caravan s'abattit sur le corps, secoué par des sanglots précipités ; et il baisait convulsivement[1] la figure rigide de sa mère en pleurant avec tant d'abondance que de grosses larmes tombaient comme des gouttes d'eau sur le visage de la morte.

Mme Caravan la jeune eut une crise convenable de chagrin, et, debout derrière son mari, elle poussait de faibles gémissements en se frottant les yeux avec obstination.

Caravan, la face bouffie, ses maigres cheveux en désordre, très laid dans sa douleur vraie, se redressa soudain : « Mais... êtes-vous sûr, docteur... êtes-vous bien sûr ?... » L'officier de santé s'approcha rapidement, et maniant le

---

1. De manière violente et nerveuse.

cadavre avec une dextérité[1] professionnelle, comme un négociant qui ferait valoir sa marchandise : « Tenez, mon bon, regardez l'œil. » Il releva la paupière, et le regard de la vieille femme réapparut sous son doigt, nullement changé, avec la pupille un peu plus large peut-être. Caravan reçut un coup dans le cœur, et une épouvante lui traversa les os. M. Chenet prit le bras crispé, força les doigts pour les ouvrir, et, l'air furieux comme en face d'un contradicteur : « Mais regardez-moi cette main, je ne m'y trompe jamais, soyez tranquille. »

Caravan retomba vautré sur le lit, beuglant presque ; tandis que sa femme, pleurnichant toujours, faisait les choses nécessaires. Elle approcha la table de nuit sur laquelle elle étendit une serviette, posa dessus quatre bougies qu'elle alluma, prit un rameau de buis accroché derrière la glace de la cheminée et le posa entre les bougies dans une assiette qu'elle emplit d'eau claire, n'ayant point d'eau bénite. Mais, après une réflexion rapide, elle jeta dans cette eau une pincée de sel, s'imaginant sans doute exécuter là une sorte de consécration.

Lorsqu'elle eut terminé la figuration qui doit accompagner la Mort, elle resta debout, immobile. Alors l'officier de santé, qui l'avait aidée à disposer les objets, lui dit tout bas : « Il faut emmener Caravan. » Elle fit un signe d'assentiment[2], et s'approchant de son mari qui sanglotait, toujours à genoux, elle le souleva par un bras, pendant que M. Chenet le prenait par l'autre.

On l'assit d'abord sur une chaise, et sa femme, le baisant au front, le sermonna. L'officier de santé appuyait ses raisonnements, conseillant la fermeté, le courage, la résignation[3],

---

1. Agilité.
2. Approbation, accord.
3. Acceptation, sans révolte, d'une chose pénible.

tout ce qu'on ne peut garder dans ces malheurs foudroyants. Puis tous deux le prirent de nouveau sous les bras et l'emmenèrent.

Il larmoyait comme un gros enfant, avec des hoquets convulsifs, avachi, les bras pendants, les jambes molles ; et il descendit l'escalier sans savoir ce qu'il faisait, remuant les pieds machinalement.

On le déposa dans un fauteuil qu'il occupait toujours à table, devant son assiette presque vide où sa cuiller encore trempait dans un reste de soupe. Et il resta là, sans un mouvement, l'œil fixé sur son verre, tellement hébété qu'il demeurait même sans pensée.

Mme Caravan, dans un coin, causait avec le docteur, s'informait des formalités, demandait tous les renseignements pratiques. À la fin, M. Chenet, qui paraissait attendre quelque chose, prit son chapeau et, déclarant qu'il n'avait pas dîné, fit un salut pour partir. Elle s'écria :

« Comment, vous n'avez pas dîné ? Mais restez, Docteur, restez donc ! On va vous servir ce que nous avons ; car vous comprenez que nous, nous ne mangerons pas grand-chose. »

Il refusa, s'excusant ; elle insistait :

« Comment donc, mais restez. Dans des moments pareils, on est heureux d'avoir des amis près de soi ; et puis, vous déciderez peut-être mon mari à se réconforter un peu : il a tant besoin de prendre des forces. »

Le docteur s'inclina, et, déposant son chapeau sur un meuble : « En ce cas, j'accepte, madame. »

Elle donna des ordres à Rosalie affolée, puis elle-même se mit à table, « pour faire semblant de manger, disait-elle, et tenir compagnie au *docteur* ».

On reprit du potage froid. M. Chenet en redemanda. Puis apparut un plat de gras-double lyonnaise qui répandit un parfum d'oignon, et dont Mme Caravan se décida à goûter. « Il est excellent », dit le docteur. Elle sourit : « N'est-ce pas ? » Puis se tournant vers son mari : « Prends-en donc un peu, mon pauvre Alfred, seulement pour te mettre quelque chose dans l'estomac, songe que tu vas passer la nuit ! »

Il tendit son assiette docilement, comme il aurait été se mettre au lit si on le lui eût commandé, obéissant à tout sans résistance et sans réflexion. Et il mangea.

Le docteur, se servant lui-même, puisa trois fois dans le plat, tandis que Mme Caravan, de temps en temps, piquait un morceau au bout de sa fourchette et l'avalait avec une sorte d'inattention étudiée.

Quand parut un saladier plein de macaroni, le docteur murmura : « Bigre ! voilà une bonne chose. » Et Mme Caravan, cette fois, servit tout le monde. Elle remplit même les soucoupes où barbotaient les enfants, qui, laissés libres, buvaient du vin pur et s'attaquaient déjà, sous la table, à coups de pied.

M. Chenet rappela l'amour de Rossini[1] pour ce mets italien ; puis tout à coup : « Tiens ! mais ça rime ; on pourrait commencer une pièce en vers.

Le maestro Rossini
Aimait le macaroni... »

On ne l'écoutait point. Mme Caravan, devenue soudain réfléchie, songeait à toutes les conséquences probables de l'événement ; tandis que son mari roulait des boulettes de pain qu'il déposait ensuite sur la nappe, et qu'il regardait fixement d'un air idiot. Comme une soif ardente lui dévorait la gorge, il portait sans cesse à sa bouche son verre tout

---

1. Compositeur italien (1792-1868) célèbre pour ses opéras et ses talents culinaires.

rempli de vin ; et sa raison, culbutée déjà par la secousse et le chagrin, devenait flottante, lui paraissait danser dans l'étourdissement subit de la digestion commencée et pénible.

Le docteur, du reste, buvait comme un trou, se grisait visiblement ; et Mme Caravan elle-même, subissant la réaction qui suit tout ébranlement nerveux, s'agitait, troublée aussi, bien qu'elle ne prît que de l'eau, et se sentait la tête un peu brouillée.

M. Chenet s'était mis à raconter des histoires de décès qui lui paraissaient drôles. Car dans cette banlieue parisienne, remplie d'une population de province, on retrouve cette indifférence du paysan pour le mort, fût-il son père ou sa mère, cet irrespect, cette férocité inconsciente si communs dans les campagnes, et si rares à Paris. Il disait : « Tenez, la semaine dernière, rue de Puteaux, on m'appelle, j'accours ; je trouve le malade trépassé[1], et, auprès du lit, la famille qui finissait tranquillement une bouteille d'anisette achetée la veille pour satisfaire un caprice du moribond[2]. »

Mais Mme Caravan n'écoutait pas, songeant toujours à l'héritage ; et Caravan, le cerveau vidé, ne comprenait rien.

On servit le café, qu'on avait fait très fort pour se soutenir le moral. Chaque tasse, arrosée de cognac, fit monter aux joues une rougeur subite, mêla les dernières idées de ces esprits vacillants déjà.

Puis le *docteur*, s'emparant soudain de la bouteille d'eau-de-vie, versa la *rincette*[3] à tout le monde. Et, sans parler, engourdis dans la chaleur douce de la digestion, saisis malgré eux par ce bien-être animal que donne l'alcool après

---

1. Défunt.
2. Mourant.
3. Petite dose d'eau-de-vie que l'on verse dans la tasse à café vidée, afin de la « rincer ».

dîner, ils se gargarisaient lentement avec le cognac sucré qui formait un sirop jaunâtre au fond des tasses.

Les enfants s'étaient endormis et Rosalie les coucha.

Alors Caravan, obéissant machinalement au besoin de s'étourdir qui pousse tous les malheureux, reprit plusieurs fois de l'eau-de-vie ; et son œil hébété luisait.

Le *docteur* enfin se leva pour partir ; et s'emparant du bras de son ami :

« Allons, venez avec moi, dit-il ; un peu d'air vous fera du bien ; quand on a des ennuis, il ne faut pas s'immobiliser. »

L'autre obéit docilement, mit son chapeau, prit sa canne, sortit ; et tous deux, se tenant par le bras, descendirent vers la Seine sous les claires étoiles.

Des souffles embaumés flottaient dans la nuit chaude car tous les jardins des environs étaient à cette saison pleins de fleurs, dont les parfums, endormis pendant le jour, semblaient s'éveiller à l'approche du soir et s'exhalaient[1], mêlés aux brises légères qui passaient dans l'ombre.

L'avenue large était déserte et silencieuse avec ses deux rangs de becs de gaz allongés jusqu'à l'Arc de Triomphe. Mais là-bas Paris bruissait dans une buée rouge. C'était une sorte de roulement continu auquel paraissait répondre parfois au loin, dans la plaine, le sifflet d'un train accourant à toute vapeur, ou bien fuyant, à travers la province, vers l'Océan.

L'air du dehors, frappant les deux hommes au visage, les surprit d'abord, ébranla l'équilibre du docteur, et accentua chez Caravan les vertiges qui l'envahissaient depuis le dîner. Il allait comme dans un songe, l'esprit engourdi, paralysé, sans chagrin vibrant, saisi par une sorte d'engourdissement moral qui l'empêchait de souffrir, éprouvant

---

1. Embaumaient.

même un allégement qu'augmentaient les exhalaisons tièdes épandues[1] dans la nuit.

Quand ils furent au pont, ils tournèrent à droite, et la rivière leur jeta en face un souffle frais. Elle coulait, mélancolique et tranquille, devant un rideau de hauts peupliers ; et des étoiles semblaient nager sur l'eau, remuées par le courant. Une brume fine et blanchâtre qui flottait sur la berge de l'autre côté apportait aux poumons une senteur humide ; et Caravan s'arrêta brusquement, frappé par cette odeur de fleuve qui remuait dans son cœur des souvenirs très vieux.

Et il revit soudain sa mère, autrefois, dans son enfance à lui, courbée à genoux devant leur porte, là-bas, en Picardie, et lavant au mince cours d'eau qui traversait le jardin le linge en tas à côté d'elle. Il entendait son battoir[2] dans le silence tranquille de la campagne, sa voix qui criait : « Alfred, apporte-moi du savon. » Et il sentait cette même odeur d'eau qui coule, cette même brume envolée des terres ruisselantes, cette buée marécageuse dont la saveur était restée en lui, inoubliable, et qu'il retrouvait justement ce soir-là même où sa mère venait de mourir.

Il s'arrêta, raidi dans une reprise de désespoir fougueux. Ce fut comme un éclat de lumière illuminant d'un seul coup toute l'étendue de son malheur ; et la rencontre de ce souffle errant le jeta dans l'abîme noir des douleurs irrémédiables. Il sentit son cœur déchiré par cette séparation sans fin. Sa vie était coupée au milieu ; et sa jeunesse entière disparaissait engloutie dans cette mort. Tout l'*autrefois* était fini ; tous les souvenirs d'adolescence s'évanouissaient ; personne ne pourrait plus lui parler des choses anciennes, des gens qu'il

---

1. Propagées, diffusées.
2. Palette en bois munie d'un manche court utilisée pour battre le linge.

avait connus jadis, de son pays, de lui-même, de l'intimité de sa vie passée ; c'était une partie de son être qui avait fini d'exister ; à l'autre de mourir maintenant.

Et le défilé des évocations commença. Il revoyait « la maman » plus jeune, vêtue de robes usées sur elle, portées si longtemps qu'elles semblaient inséparables de sa personne ; il la retrouvait dans mille circonstances oubliées : avec des physionomies effacées, ses gestes, ses intonations, ses habitudes, ses manies, ses colères, les plis de sa figure, les mouvements de ses doigts maigres, toutes ses attitudes familières qu'elle n'aurait plus.

Et, se cramponnant au docteur, il poussa des gémissements. Ses jambes flasques tremblaient ; toute sa grosse personne était secouée par les sanglots, et il balbutiait : « Ma mère, ma pauvre mère, ma pauvre mère !... »

Mais son compagnon, toujours ivre, et qui rêvait de finir la soirée en des lieux qu'il fréquentait secrètement, impatienté par cette crise aiguë de chagrin, le fit asseoir sur l'herbe de la rive, et presque aussitôt le quitta sous prétexte de voir un malade.

Caravan pleura longtemps ; puis, quand il fut à bout de larmes, quand toute sa souffrance eut pour ainsi dire coulé, il éprouva de nouveau un soulagement, un repos, une tranquillité subite.

La lune s'était levée ; elle baignait l'horizon de sa lumière placide[1]. Les grands peupliers se dressaient avec des reflets d'argent, et le brouillard, sur la plaine, semblait de la neige flottante ; le fleuve, où ne nageaient plus les étoiles, mais qui paraissait couvert de nacre coulait toujours, ridé par des frissons brillants. L'air était doux, la brise odorante. Une mollesse passait dans le sommeil de la terre, et Caravan buvait cette douceur de la nuit ; il respirait longuement,

---

1. Paisible.

croyait sentir pénétrer jusqu'à l'extrémité de ses membres une fraîcheur, un calme, une consolation surhumaine.

Il résistait toutefois à ce bien-être envahissant, se répétait :
« Ma mère, ma pauvre mère », s'excitant à pleurer par une sorte de conscience d'honnête homme ; mais il ne le pouvait plus ; et aucune tristesse même ne l'étreignait aux pensées qui, tout à l'heure encore, l'avaient fait si fort sangloter.

Alors il se leva pour rentrer, revenant à petits pas, enveloppé dans la calme indifférence de la nature sereine, et le cœur apaisé malgré lui.

Quand il atteignit le pont, il aperçut le fanal[1] du dernier tramway prêt à partir et, par-derrière, les fenêtres éclairées du café du Globe.

Alors un besoin lui vint de raconter la catastrophe à quelqu'un, d'exciter la commisération[2], de se rendre intéressant. Il prit une physionomie lamentable, poussa la porte de l'établissement, et s'avança vers le comptoir où le patron trônait toujours. Il comptait sur un effet, tout le monde allait se lever, venir à lui, la main tendue : « Tiens, qu'avez-vous ? » Mais personne ne remarqua la désolation de son visage. Alors il s'accouda sur le comptoir et, serrant son front dans ses mains, il murmura :

« Mon Dieu, mon Dieu ! »

Le patron le considéra : « Vous êtes malade, monsieur Caravan ? » Il répondit : « Non, mon pauvre ami ; mais ma mère vient de mourir. » L'autre lâcha un « Ah ! » distrait ; et comme un consommateur au fond de l'établissement criait : « Un bock[3], s'il vous plaît ! » il répondit aussitôt

---

1. Lanterne servant à signaler la position d'un véhicule.
2. Pitié, compassion.
3. Verre à bière muni d'une anse contenant un quart de litre environ.

d'une voix terrible : « Voilà, boum !... on y va », et s'élança pour servir, laissant Caravan stupéfait.

Sur la même table qu'avant dîner, absorbés et immobiles, les trois amateurs de dominos jouaient encore. Caravan s'approcha d'eux, en quête de commisération. Comme aucun ne paraissait le voir, il se décida à parler : « Depuis tantôt, leur dit-il, il m'est arrivé un grand malheur. »

Ils levèrent un peu la tête tous les trois en même temps, mais en gardant l'œil fixé sur le jeu qu'ils tenaient en main. « Tiens, quoi donc ? — Ma mère vient de mourir. » Un d'eux murmura : « Ah ! diable » avec cet air faussement navré que prennent les indifférents. Un autre, ne trouvant rien à dire, fit entendre, en hochant le front, une sorte de sifflement triste. Le troisième se remit au jeu comme s'il eût pensé : « Ce n'est que ça ! »

Caravan attendait un de ces mots qu'on dit « venus du cœur ». Se voyant ainsi reçu, il s'éloigna, indigné de leur placidité devant la douleur d'un ami, bien que cette douleur, en ce moment même, fût tellement engourdie qu'il ne la sentait plus guère.

Et il sortit.

Sa femme l'attendait en chemise de nuit, assise sur une chaise basse auprès de la fenêtre ouverte, et pensant toujours à l'héritage.

« Déshabille-toi, dit-elle : nous allons causer quand nous serons au lit. »

Il leva la tête, et, montrant le plafond de l'œil : « Mais... là-haut... il n'y a personne. — Pardon, Rosalie est auprès d'elle, tu iras la remplacer à trois heures du matin, quand tu auras fait un somme. »

Il resta néanmoins en caleçon afin d'être prêt à tout événement, noua un foulard autour de son crâne, puis rejoignit sa femme qui venait de se glisser dans les draps.

Ils demeurèrent quelque temps assis côte à côte. Elle songeait.

Sa coiffure, même à cette heure, était agrémentée[1] d'un nœud rose et penchée un peu sur une oreille, comme par suite d'une invincible habitude de tous les bonnets qu'elle portait.

Soudain, tournant la tête vers lui : « Sais-tu si ta mère a fait un testament ? » dit-elle. Il hésita : « Je... je... ne crois pas... Non, sans doute, elle n'en a pas fait. » Mme Caravan regarda son mari dans les yeux, et, d'une voix basse et rageuse : « C'est une indignité, vois-tu ; car enfin voilà dix ans que nous nous décarcassons à la soigner, que nous la logeons, que nous la nourrissons ! Ce n'est pas ta sœur qui en aurait fait autant pour elle, ni moi non plus si j'avais su comment j'en serais récompensée ! Oui, c'est une honte pour sa mémoire ! Tu me diras qu'elle payait pension : c'est vrai ; mais les soins de ses enfants ce n'est pas avec de l'argent qu'on les paye : on les reconnaît par testament après la mort. Voilà comment se conduisent les gens honorables. Alors, moi, j'en ai été pour ma peine et pour mes tracas ! Ah ! c'est du propre ! c'est du propre ! »

Caravan éperdu, répétait : « Ma chérie, ma chérie, je t'en prie, je t'en supplie. »

À la longue elle se calma, et revenant au ton de chaque jour, elle reprit : « Demain matin, il faudra prévenir ta sœur. »

Il eut un sursaut : « C'est vrai, je n'y avais pas pensé ; dès le jour j'enverrai une dépêche[2]. » Mais elle l'arrêta, en femme qui a tout prévu. « Non, envoie-la seulement de dix à onze, afin que nous ayons le temps de nous retourner avant son arrivée. De Charenton ici elle en a pour deux heures au plus. Nous dirons que tu as perdu la tête. En

---

1. Ornée, décorée.
2. Message, télégramme.

prévenant dans la matinée, on ne se mettra pas dans la commise[1] ! »

Mais Caravan se frappa le front, et avec l'intonation timide qu'il prenait toujours en parlant de son chef dont la pensée même le faisait trembler : « Il faut aussi prévenir au ministère », dit-il. Elle répondit : « Pourquoi prévenir ? Dans des occasions comme ça, on est toujours excusable d'avoir oublié. Ne préviens pas, crois-moi ; ton chef ne pourra rien dire et tu le mettras dans un rude embarras. — Oh ! ça, oui, dit-il, et dans une fameuse colère quand il ne me verra point venir. Oui, tu as raison, c'est une riche idée. Quand je lui annoncerai que ma mère est morte, il sera bien forcé de se taire. »

Et l'employé, ravi de la farce, se frottait les mains en songeant à la tête de son chef, tandis qu'au-dessus de lui le corps de la vieille gisait à côté de la bonne endormie.

Mme Caravan devenait soucieuse, comme obsédée par une préoccupation difficile à dire. Enfin elle se décida : « Ta mère t'avait bien donné sa pendule, n'est-ce pas, la jeune fille au bilboquet ? » Il chercha dans sa mémoire et répondit : « Oui, oui ; elle m'a dit (mais il y a longtemps de cela, c'est quand elle est venue ici), elle m'a dit : "Ce sera pour toi, la pendule, si tu prends bien soin de moi." »

Mme Caravan, tranquillisée, se rasséréna[2] : « Alors, vois-tu, il faut aller la chercher, parce que, si nous laissons venir ta sœur, elle nous empêchera de la prendre. » Il hésitait : « Tu crois ?... » Elle se fâcha : « Certainement que je le crois ; une fois ici, ni vu ni connu : c'est à nous. C'est comme pour la commode de sa chambre, celle qui a un marbre : elle me l'a donnée, à moi, un jour qu'elle

---

1. En droit ancien, désigne l'inexécution d'actes auxquels on était tenu.
2. Se rassura.

était de bonne humeur. Nous la descendrons en même temps. »

Caravan semblait incrédule. « Mais, ma chère, c'est une grande responsabilité ! » Elle se tourna vers lui, furieuse : « Ah ! vraiment ! Tu ne changeras donc jamais ? Tu laisserais tes enfants mourir de faim, toi, plutôt que de faire un mouvement. Du moment qu'elle me l'a donnée, cette commode, c'est à nous, n'est-ce pas ? Et si ta sœur n'est pas contente, elle me le dira, à moi ! Je m'en moque bien de ta sœur. Allons, lève-toi, que nous apportions tout de suite ce que ta mère nous a donné. »

Tremblant et vaincu, il sortit du lit, et, comme il passait sa culotte, elle l'en empêcha : « Ce n'est pas la peine de t'habiller, va, garde ton caleçon, ça suffit ; j'irai bien comme ça, moi. »

Et tous deux, en toilette de nuit, partirent, montèrent l'escalier sans bruit, ouvrirent la porte avec précaution et entrèrent dans la chambre où les quatre bougies allumées autour de l'assiette au buis béni semblaient seules garder la vieille en son repos rigide ; car Rosalie, étendue dans son fauteuil, les jambes allongées, les mains croisées sur sa jupe, la tête tombée de côté, immobile aussi et la bouche ouverte, dormait en ronflant un peu.

Caravan prit la pendule. C'était un de ces objets grotesques comme en produisit beaucoup l'art impérial[1]. Une jeune fille en bronze doré, la tête ornée de fleurs diverses, tenait à la main un bilboquet dont la boule servait de balancier. « Donne-moi ça, lui dit sa femme, et prends le marbre de la commode. »

---

1. Le style Empire, influencé par Napoléon Ier, trouve son inspiration dans l'antique gréco-romain ou égyptien. Les objets notamment, très sculptés, sont massifs et imposants. Maupassant assimile ce style au mauvais goût.

Il obéit en soufflant et il percha le marbre sur son épaule avec un effort considérable.

Alors le couple partit. Caravan se baissa sous la porte, se mit à descendre en tremblant l'escalier, tandis que sa femme, marchant à reculons, l'éclairait d'une main, ayant la pendule sous l'autre bras.

Lorsqu'ils furent chez eux, elle poussa un grand soupir. « Le plus gros est fait, dit-elle ; allons chercher le reste. »

Mais les tiroirs du meuble étaient tout pleins des hardes[1] de la vieille. Il fallait bien cacher cela quelque part.

Mme Caravan eut une idée : « Va donc prendre le coffre à bois en sapin qui est dans le vestibule ; il ne vaut pas quarante sous, on peut bien le mettre ici. » Et quand le coffre fut arrivé, on commença le transport.

Ils enlevaient, l'un après l'autre, les manchettes[2], les collerettes, les chemises, les bonnets, toutes les pauvres nippes de la bonne femme étendue là, derrière eux, et les disposaient méthodiquement dans le coffre à bois de façon à tromper Mme Braux, l'autre enfant de la défunte, qui viendrait le lendemain.

Quand ce fut fini, on descendit d'abord les tiroirs, puis le corps du meuble en le tenant chacun par un bout ; et tous deux cherchèrent pendant longtemps à quel endroit il ferait le mieux. On se décida pour la chambre, en face du lit, entre les deux fenêtres.

Une fois la commode en place, Mme Caravan l'emplit de son propre linge. La pendule occupa la cheminée de la salle ; et le couple considéra l'effet obtenu. Ils en furent aussitôt enchantés : « Ça fait très bien », dit-elle. Il répondit : « Oui, très bien. » Alors ils se couchèrent. Elle souffla

---

1. Vêtements usés.
2. Ornements de dentelle s'ajustant aux poignets d'une chemise.

la bougie ; et tout le monde bientôt dormit aux deux étages de la maison.

Il était déjà grand jour lorsque Caravan rouvrit les yeux. Il avait l'esprit confus à son réveil, et il ne se rappela l'événement qu'au bout de quelques minutes. Ce souvenir lui donna un grand coup dans la poitrine ; et il sauta du lit, très ému de nouveau, prêt à pleurer.

Il monta bien vite à la chambre au-dessus, où Rosalie dormait encore, dans la même posture que la veille, n'ayant fait qu'un somme de toute la nuit. Il la renvoya à son ouvrage, remplaça les bougies consumées, puis il considéra sa mère en roulant dans son cerveau ces apparences de pensées profondes, ces banalités religieuses et philosophiques qui hantent les intelligences moyennes en face de la mort.

Mais comme sa femme l'appelait, il descendit. Elle avait dressé une liste des choses à faire dans la matinée, et elle lui remit cette nomenclature[1] dont il fut épouvanté.

Il lut : 1° Faire la déclaration à la mairie ;

2° Demander le médecin des morts ;

3° Commander le cercueil ;

4° Passer à l'église ;

5° Aux pompes funèbres ;

6° À l'imprimerie pour les lettres ;

7° Chez le notaire ;

8° Au télégraphe[2] pour avertir la famille.

Plus une multitude de petites commissions. Alors il prit son chapeau et s'éloigna.

Or, la nouvelle s'étant répandue, les voisines commençaient à arriver et demandaient à voir la morte.

Chez le coiffeur, au rez-de-chaussée, une scène avait

---

1. Liste.
2. Ancien moyen de communication consistant à transmettre des messages rapidement et à distance par l'intermédiaire de signaux codés.

même eu lieu à ce sujet entre la femme et le mari pendant qu'il rasait un client.

La femme, tout en tricotant un bas, murmura : « Encore une de moins et une avare, celle-là, comme il n'y en avait pas beaucoup. Je ne l'aimais guère, c'est vrai ; il faudra tout de même que j'aille la voir. »

Le mari grogna, tout en savonnant le menton du patient : « En voilà, des fantaisies ! Il n'y a que les femmes pour ça. Ce n'est pas assez de vous embêter pendant la vie, elles ne peuvent seulement pas vous laisser tranquille après la mort. » Mais son épouse, sans se déconcerter, reprit : « C'est plus fort que moi ; faut que j'y aille. Ça me tient depuis ce matin. Si je ne la voyais pas, il me semble que j'y penserais toute ma vie. Mais quand je l'aurai bien regardée pour prendre sa figure, je serai satisfaite après. »

L'homme au rasoir haussa les épaules et confia au monsieur dont il grattait la joue : « Je vous demande un peu quelles idées ça vous a, ces sacrées femelles ! Ce n'est pas moi qui m'amuserais à voir un mort ! » Mais sa femme l'avait entendu, et elle répondit sans se troubler : « C'est comme ça, c'est comme ça. » Puis, posant son tricot sur le comptoir, elle monta au premier étage.

Deux voisines étaient déjà venues et causaient de l'accident avec Mme Caravan qui racontait les détails.

On se dirigea vers la chambre mortuaire. Les quatre femmes entrèrent à pas de loup, aspergèrent le drap l'une après l'autre avec l'eau salée, s'agenouillèrent, firent le signe de la croix en marmottant une prière, puis s'étant relevées, les yeux agrandis, la bouche entrouverte, considérèrent longuement le cadavre, pendant que la belle-fille de la morte, un mouchoir sur la figure, simulait un hoquet désespéré.

Quand elle se retourna pour sortir, elle aperçut, debout près de la porte, Marie-Louise et Philippe-Auguste, tous deux en chemise, qui regardaient curieusement. Alors, oubliant son chagrin de commande, elle se précipita sur eux, la main levée, en criant d'une voix rageuse : « Voulez-vous bien filer, bougres de polissons ! »

Étant remontée dix minutes plus tard avec une fournée d'autres voisines, après avoir de nouveau secoué le buis sur sa belle-mère, prié, larmoyé, accompli tous ses devoirs, elle retrouva ses deux enfants revenus ensemble derrière elle. Elle les talocha[1] encore par conscience ; mais, la fois suivante, elle n'y prit plus garde ; et, à chaque retour de visiteurs, les deux mioches suivaient toujours, s'agenouillant aussi dans un coin et répétant invariablement tout ce qu'ils voyaient faire à leur mère.

Au commencement de l'après-midi, la foule des curieuses diminua. Bientôt il ne vint plus personne. Mme Caravan, rentrée chez elle, s'occupait à tout préparer pour la cérémonie funèbre ; et la morte resta solitaire.

La fenêtre de la chambre était ouverte. Une chaleur torride entrait avec des bouffées de poussière ; les flammes des quatre bougies s'agitaient auprès du corps immobile ; et sur le drap, sur la face aux yeux fermés, sur les deux mains allongées, des petites mouches grimpaient, allaient, venaient, se promenaient sans cesse, visitaient la vieille, attendant leur heure prochaine.

Mais Marie-Louise et Philippe-Auguste étaient repartis vagabonder dans l'avenue. Ils furent bientôt entourés de camarades, de petites filles surtout, plus éveillées, flairant plus vite tous les mystères de la vie. Et elles interrogeaient comme les grandes personnes. « Ta grand-maman est morte ? — Oui, hier au soir. — Comment c'est, un mort ? » Et Marie-Louise expliquait, racontait les bougies, le buis, la figure. Alors une grande curiosité s'éveilla chez tous les enfants ; et ils demandèrent aussi à monter chez la trépassée.

---

1. Gifla.

Aussitôt, Marie-Louise organisa un premier voyage, cinq filles et deux garçons : les plus grands, les plus hardis. Elle les força à retirer leurs souliers pour ne point être découverts : la troupe se faufila dans la maison et monta lestement[1] comme une armée de souris.

Une fois dans la chambre, la fillette, imitant sa mère, régla le cérémonial. Elle guida solennellement ses camarades, s'agenouilla, fit le signe de la croix, remua les lèvres, se releva, aspergea le lit, et pendant que les enfants, en un tas serré, s'approchaient effrayés, curieux et ravis, pour contempler le visage et les mains, elle se mit soudain à simuler des sanglots en se cachant les yeux dans son petit mouchoir. Puis, consolée brusquement en songeant à ceux qui attendaient devant la porte, elle entraîna, en courant, tout son monde pour ramener bientôt un autre groupe, puis un troisième ; car tous les galopins du pays, jusqu'aux petits mendiants en loques, accouraient à ce plaisir nouveau ; et elle recommençait chaque fois les simagrées[2] maternelles avec une perfection absolue.

À la longue, elle se fatigua. Un autre jeu entraîna les enfants au loin ; et la vieille grand-mère demeura seule, oubliée tout à fait, par tout le monde.

L'ombre emplit la chambre, et sur sa figure sèche et ridée la flamme remuante des lumières faisait danser des clartés.

Vers huit heures, Caravan monta, ferma la fenêtre et renouvela les bougies. Il entrait maintenant d'une façon tranquille, accoutumé déjà à considérer le cadavre comme s'il était là depuis des mois. Il constata même qu'aucune décomposition n'apparaissait encore, et il en fit la remarque à sa femme au moment où ils se mettaient à table

---

1. Avec rapidité et habileté.
2. Manières, attitudes affectées pour faire illusion.

pour dîner. Elle répondit : « Tiens, elle est en bois ; elle se conserverait un an. »

On mangea le potage sans prononcer une parole. Les enfants laissés libres tout le jour, exténués de fatigue, sommeillaient sur leurs chaises et tout le monde restait silencieux.

Soudain la clarté de la lampe baissa.

Mme Caravan aussitôt remonta la clef ; mais l'appareil rendit un son creux, un bruit de gorge prolongé, et la lumière s'éteignit. On avait oublié d'acheter de l'huile ! Aller chez l'épicier retarderait le dîner, on chercha des bougies ; mais il n'y en avait plus d'autres que celles allumées en haut sur la table de nuit.

Mme Caravan, prompte[1] en ses décisions, envoya bien vite Marie-Louise en prendre deux ; et l'on attendait dans l'obscurité.

On entendait distinctement les pas de la fillette qui montait l'escalier. Il y eut ensuite un silence de quelques secondes ; puis l'enfant redescendit précipitamment. Elle ouvrit la porte, effarée, plus émue encore que la veille en annonçant la catastrophe, et elle murmura, suffoquant : « Oh ! papa, grand-maman s'habille ! »

Caravan se dressa avec un tel sursaut que sa chaise alla rouler contre le mur. Il balbutia : « Tu dis ?... Qu'est-ce que tu dis là ?... »

Mais Marie-Louise, étranglée par l'émotion, répéta : « Grand-... grand-... grand-maman s'habille... elle va descendre. »

Il s'élança dans l'escalier follement, suivi de sa femme abasourdie ; mais devant la porte du second il s'arrêta, secoué par l'épouvante, n'osant pas entrer. Qu'allait-il voir ? —

---

1. Vive.

Mme Caravan, plus hardie, tourna la serrure et pénétra dans la chambre.

La pièce semblait devenue plus sombre ; et, au milieu, une grande forme maigre remuait. Elle était debout, la vieille ; et en s'éveillant du sommeil léthargique[1], avant même que la connaissance lui fût en plein revenue, se tournant de côté et se soulevant sur un coude, elle avait soufflé trois des bougies qui brûlaient près du lit mortuaire. Puis, reprenant des forces, elle s'était levée pour chercher ses hardes. Sa commode partie l'avait troublée d'abord, mais peu à peu elle avait retrouvé ses affaires tout au fond du coffre à bois et s'était tranquillement habillée. Ayant ensuite vidé l'assiette remplie d'eau, replacé le buis derrière la glace et remis les chaises à leur place, elle était prête à descendre, quand apparurent devant elle son fils et sa belle-fille.

Caravan se précipita, lui saisit les mains, l'embrassa, les larmes aux yeux ; tandis que sa femme, derrière lui, répétait d'un air hypocrite : « Quel bonheur, oh ! quel bonheur ! »

Mais la vieille, sans s'attendrir, sans même avoir l'air de comprendre, raide comme une statue, et l'œil glacé, demanda seulement : « Le dîner est-il bientôt prêt ? » Il balbutia, perdant la tête : « Mais oui, maman, nous t'attendions. » Et, avec un empressement inaccoutumé, il prit son bras, pendant que Mme Caravan la jeune saisissait la bougie, les éclairait, descendant l'escalier devant eux, à reculons et marche à marche, comme elle avait fait, la nuit même, devant son mari qui portait le marbre.

En arrivant au premier étage, elle faillit se heurter contre des gens qui montaient. C'était la famille de Charenton, Mme Braux suivie de son époux.

---

1. Dans un sommeil profond et continu ; état de mort apparente. La léthargie peut désigner le sommeil des animaux hibernants. Détail important à l'heure du naturalisme !

La femme, grande, grosse, avec un ventre d'hydropique[1] qui rejetait le torse en arrière, ouvrait des yeux effarés, prête à fuir. Le mari, un cordonnier socialiste, petit homme poilu jusqu'au nez, tout pareil à un singe, murmura sans s'émouvoir : « Eh bien, quoi ? Elle ressuscite ! »

Aussitôt que Mme Caravan les eut reconnus, elle leur fit des signes désespérés ; puis, tout haut : « Tiens ! comment !... vous voilà ! Quelle bonne surprise ! »

Mais Mme Braux, abasourdie, ne comprenait pas ; elle répondit à demi-voix : « C'est votre dépêche qui nous a fait venir ; nous croyions que c'était fini. »

Son mari, derrière elle, la pinçait pour la faire taire. Il ajouta avec un rire malin caché dans sa barbe épaisse : « C'est bien aimable à vous de nous avoir invités. Nous sommes venus tout de suite », faisant allusion ainsi à l'hostilité qui régnait depuis longtemps entre les deux ménages. Puis, comme la vieille arrivait aux dernières marches, il s'avança vivement et frotta contre ses joues le poil qui lui couvrait la face, et criant dans son oreille à cause de sa surdité : « Ça va bien, la mère, toujours solide, hein ? »

Mme Braux, dans sa stupeur de voir bien vivante celle qu'elle s'attendait à retrouver morte, n'osait pas même l'embrasser ; et son ventre énorme encombrait tout le palier, empêchant les autres d'avancer.

La vieille, inquiète et soupçonneuse, mais sans parler jamais, regardait tout ce monde autour d'elle ; et son petit œil gris, scrutateur[2] et dur, se fixait tantôt sur l'un, tantôt sur l'autre, plein de pensées visibles qui gênaient ses enfants.

Caravan dit, pour expliquer : « Elle a été un peu souf-

---

[1]. Maladie qui provoque un gonflement, dû à un excès de liquide dans telle ou telle partie du corps.
[2]. Observateur au point de chercher ce qui est peu visible ou caché.

frante, mais elle va bien maintenant, tout à fait bien, n'est-ce pas, mère ? »

Alors la bonne femme, se remettant en marche, répondit de sa voix cassée, comme lointaine : « C'est une syncope ; je vous entendais tout le temps. »

Un silence embarrassé suivit. On pénétra dans la salle ; puis on s'assit devant un dîner improvisé en quelques minutes.

Seul, M. Braux avait gardé son aplomb. Sa figure de gorille méchant grimaçait ; et il lâchait des mots à double sens qui gênaient visiblement tout le monde.

Mais à chaque instant le timbre[1] du vestibule sonnait ; et Rosalie éperdue venait chercher Caravan qui s'élançait en jetant sa serviette. Son beau-frère lui demanda même si c'était son jour de réception. Il balbutia : « Non, des commissions, rien du tout. »

Puis, comme on apportait un paquet, il l'ouvrit étourdiment, et des lettres de faire-part, encadrées de noir, apparurent. Alors, rougissant jusqu'aux yeux, il referma l'enveloppe et l'engloutit dans son gilet.

Sa mère ne l'avait pas vu ; elle regardait obstinément sa pendule dont le bilboquet doré se balançait sur la cheminée. Et l'embarras grandissait au milieu d'un silence glacial.

Alors la vieille, tournant vers sa fille sa face ridée de sorcière, eut dans les yeux un frisson de malice et prononça : « Lundi, tu m'amèneras ta petite, je veux la voir. » Mme Braux, la figure illuminée, cria : « Oui, maman », tandis que Mme Caravan la jeune, devenue pâle, défaillait d'angoisse.

Cependant, les deux hommes, peu à peu, se mirent à causer ; et ils entamèrent, à propos de rien, une discussion

---

1. Sonnette d'entrée.

politique. Braux, soutenant les doctrines[1] révolutionnaires et communistes, se démenait, les yeux allumés dans son visage poilu, criant : « La propriété, monsieur, c'est un vol au travailleur ; — la terre appartient à tout le monde ; — l'héritage est une infamie[2] et une honte !... » Mais il s'arrêta brusquement, confus comme un homme qui vient de dire une sottise ; puis, d'un ton plus doux, il ajouta : « Mais ce n'est pas le moment de discuter ces choses-là. »

La porte s'ouvrit ; le *docteur* Chenet parut. Il eut une seconde d'effarement, puis il reprit contenance, et s'approchant de la vieille femme : « Ah ! ah ! la maman ! ça va bien aujourd'hui. Oh ! je m'en doutais, voyez-vous ; et je me disais à moi-même tout à l'heure, en montant l'escalier : Je parie qu'elle sera debout, l'ancienne. » Et lui tapant doucement dans le dos : « Elle est solide comme le Pont-Neuf[3] ; elle nous enterrera tous, vous verrez. »

Il s'assit, acceptant le café qu'on lui offrait, et se mêla bientôt à la conversation des deux hommes, approuvant Braux, car il avait été lui-même compromis dans la Commune.

Or, la vieille, se sentant fatiguée, voulut partir. Caravan se précipita. Alors elle le fixa dans les yeux et lui dit : « Toi, tu vas me remonter tout de suite ma commode et ma pendule. » Puis, comme il bégayait : « Oui, maman », elle prit le bras de sa fille et disparut avec elle.

Les deux Caravan demeurèrent effarés, muets, effondrés dans un affreux désastre, tandis que Braux se frottait les mains en sirotant son café.

Soudain Mme Caravan, affolée de colère, s'élança sur lui,

---

1. Idées, principes.
2. Indignité, honte.
3. Pont le plus ancien de Paris, achevé en 1606.

hurlant : « Vous êtes un voleur, un gredin[1], une canaille... Je vous crache à la figure, je vous... je vous... » Elle ne trouvait rien, suffoquant ; mais lui, riait, buvant toujours.

Puis, comme sa femme revenait justement, elle s'élança vers sa belle-sœur ; et toutes deux, l'une énorme avec son ventre menaçant, l'autre épileptique et maigre, la voix changée, la main tremblante, s'envoyèrent à pleine gueule des hottées d'injures.

Chenet et Braux s'interposèrent, et ce dernier, poussant sa moitié par les épaules, la jeta dehors en criant : « Va donc, bourrique, tu brais[2] trop ! »

Et on les entendit dans la rue qui se chamaillaient en s'éloignant.

M. Chenet prit congé.

Les Caravan restèrent face à face.

Alors l'homme tomba sur une chaise avec une sueur froide aux tempes, et murmura : « Qu'est-ce que je vais dire à mon chef ? »

---

1. Personne dénuée de toute valeur morale et ne méritant aucune considération.
2. Cries (se dit de l'âne).

DOSSIER

Du tableau
au texte

Valérie Lagier

Du tableau au texte

La Loge
de Pierre-Auguste Renoir

… égratignant d'un même verbe aristocrates et bourgeois…

Dans ces contes satiriques ou drolatiques, Maupassant n'épargne personne, ni le petit bourgeois étriqué, ni l'aristocrate déchu, ni le paysan normand englué dans sa misère. Sa plume acerbe s'exerce avec le même bonheur et la même cruauté aux dépens de ses contemporains, à la ville comme aux champs. Des gens de la terre, il raille le pragmatisme inébranlable, y compris face à la mort. Ce bon sens paysan est poussé jusqu'à l'absurde dans « Un réveillon », où les petits-enfants du père Fournel réveillonnent sur son cadavre remisé dans la huche, sous le prétexte que mort, il n'a plus besoin d'occuper une place dans le lit commun. Dans « Le Vieux », afin de ne pas repousser les travaux des champs, on programme l'enterrement alors que le Vieux n'a pas encore rejoint son créateur. Ces scènes rurales, d'un réalisme brutal, sont sauvées du misérabilisme par un humour grinçant. C'est encore dans la campagne normande, dont il est issu, que Maupassant trouve le sujet de deux autres histoires où il se gausse de la fausse bravoure. « L'Aventure de Walter Schnaffs » relate un « haut fait militaire », la capture d'un unique ennemi à grand renfort de troupes, et « Un coup d'État » raconte un « glorieux épisode révolutionnaire », le siège de la mairie de Canneville et « l'exécution » du buste de l'Empereur. Maupassant n'est guère plus tendre avec ses congénères des villes, égratignant d'un même verbe aristocrates et bourgeois, cueillis dans les rangs des ronds-de-cuir ministériels. De ces aristocrates sans le sou, fonctionnaires par nécessité, Maupassant ne peut s'empêcher de moquer les rêves de grandeur. Dans « À cheval », Hector de Gribelin croit revivre les heures glorieuses de sa famille, issue de la noblesse, en pratiquant l'équitation, mais il essuie un camouflet public en étant totalement incapable de maîtriser sa monture sur les Champs-Élysées. Dans « En wagon », l'arrogance des dames de la haute, effarées à l'idée que l'innocence de leur progéniture soit compromise par un voyage en train, se voit ridiculisée par le spectacle d'un accouchement improvisé. « En famille » lui permet de brosser le portrait au vitriol de la petite bourgeoisie des employés de bureau, étriquée et sans grande envergure, que l'écrivain côtoie quotidiennement au ministère de la Marine. L'avidité des uns (Madame Caravan qui prend possession de son héritage alors même que sa belle-mère n'est pas encore froide), le dispute ici à l'orgueil imbécile des autres (Caravan imbu de sa Légion d'honneur). Enfin, dans « Les Bijoux », c'est encore un commis principal, mais cette fois-ci, au ministère de l'Intérieur, qui fait les frais des moqueries de Maupassant. Dans ce conte à l'ironie mordante, Maupassant éclaire d'un jour surprenant la vertu de l'épouse modèle, « beauté modeste » et « type absolu de l'honnête femme », quand à sa mort, le mari se met en tête de vendre ses bijoux, plus vrais que faux ! Cette femme, éprise de théâtre et de colifichets, s'incarne merveilleusement dans la femme de *La Loge* (1874) de

Renoir (1841-1919), chef-d'œuvre impressionniste réalisé en 1874. Ce tableau nous révèle les coulisses du conte, la réalité de soirées de l'épouse, passées au théâtre ou à l'opéra, cette histoire que Maupassant ne raconte pas mais nous laisse seulement deviner.

... le spectacle se déroule aussi bien sur la scène que dans les tribunes...

Parée d'une cascade de perles, les oreilles soulignées de deux brillants, le poignet orné d'un bracelet finement ciselé, la femme arbore une tenue vaporeuse, rayée de noir et de blanc. Son sourire est à peine esquissé, signe de cette modestie que l'on prête à l'épouse de Lantin. Elle est accompagnée d'un homme élégant, occupé à observer les spectateurs des loges supérieures, le « paradis » où se tiennent les classes populaires. Car à l'Opéra comme au théâtre, le spectacle se déroule aussi bien sur la scène que dans les tribunes. Chacun vient s'y faire admirer et la beauté que l'on accompagne, la toilette qu'elle porte et les bijoux qu'elle arbore sont autant de sujets de conversation pour les spectateurs des autres loges. La tradition veut ainsi que la femme soit sur le devant du balcon, marquant aux yeux des autres sa qualité de trophée, et l'homme en arrière, comme il sied à un propriétaire. On peut imaginer aisément que l'épouse de Lantin, toute parée de ce que son mari prenait pour des verroteries, « deux gros cailloux du Rhin », « des colliers de perles fausses », des « bracelets en simili », ait joué ce rôle d'ornement pour un homme riche et puissant, ce mystérieux amant dont on ne saura rien. Ces bijoux, symboles d'une vanité féminine que Maupassant décrit à merveille, parachèvent la

« grâce douce », la « grâce irrésistible, humble et souriante » de la femme. Maupassant nous montre cette « honnête femme » fascinée par la beauté des cailloux, faisant « rouler dans ses doigts les colliers de perles, miroiter les facettes des cristaux taillés ». Renoir, pareillement fasciné, capte l'éclat de la lumière sur les étoffes, les roses, les pierres et les perles d'une touche vibrante et sensuelle, enveloppant les personnages dans une sorte de halo vaporeux, scintillement combiné de toutes les textures. Il se fait ici l'interprète, presque mot pour mot, du texte de Baudelaire, « Le peintre de la vie moderne », publié dans *Le Figaro* en 1863 : « Tantôt frappées par la clarté diffuse d'une salle de spectacle, recevant et renvoyant la lumière avec leurs yeux, avec leurs bijoux, avec leurs épaules, apparaissent, resplendissantes comme des portraits, dans la loge qui leur sert de cadre, des jeunes filles du meilleur monde. » Cette scène de la vie moderne, à l'heure où Paris est appelé « le Théâtre des nations » en raison des cinquante-quatre mille sièges de théâtre et d'Opéra qu'on peut occuper chaque soir, donne l'illusion d'un instantané. Ce chef-d'œuvre de l'impressionnisme, présenté pour la première fois lors de la première exposition du groupe, n'a pourtant rien d'une scène saisie sur le vif.

... « *les figures sont surprises dans l'attitude même de la vie* »...

Longuement posée en atelier, avec pour modèles Nini, dite « Gueule-de-Raie », horrible surnom pour cette femme à la charmante figure, et Edmond Renoir, frère de l'artiste, cette scène n'en dégage pas moins une impression de réel immédiat. Capter l'instant dans sa fugacité, rendre à la peinture cette saveur de vie quotidienne, sans discours moral ou symbole compliqué, tel était le programme que s'étaient fixé les impressionnistes. Lors de la première exposition du groupe, organisée du 15 avril au 15 mai 1874 par les artistes eux-mêmes dans l'ancien atelier de Nadar, au 64, boulevard des Capucines, sans jury ni récompense, les œuvres qu'ils présentent au public sont accueillies par des quolibets et des injures. Le mot « impressionniste », lancé comme une insulte par le critique Louis Leroy, donnera d'ailleurs son nom au mouvement. Dans ce concert d'invectives, *La Loge* de Renoir est relativement épargnée et reçoit même quelques critiques élogieuses. Ernest Chesneau écrit ainsi : « Sa *Loge* est empruntée aux mœurs contemporaines, les figures sont surprises dans l'attitude même de la vie. Il y a là des qualités d'observation, de couleurs, absolument neuves. » Jean Prouvaire, pseudonyme de Catulle Mendès, voit dans cette œuvre l'image de la « cocotte », de ces femmes aux « joues blanches, de blanc de perle, les yeux allumés d'un regard banalement passionné... attrayantes, nulles, délicieuses, et stupides ». Cette sensation de vie arrêtée, saisie dans les filets de la peinture de Renoir, n'échappe pas à Philippe Burty qui remarque : « son *Avant-scène*, surtout à la lumière, arrive à l'illusion complète ». Ce besoin de réalisme, en rupture avec l'art du passé, est une tendance profonde qui irrigue tous les mouvements artistiques d'avant-garde depuis le milieu du XIXe siècle. Il trouve un écho dans la littérature naturaliste de l'époque, d'Émile Zola à Guy de Maupassant, de Gustave Flaubert aux frères Goncourt. La relation de Maupassant avec les peintres impressionnistes n'a d'ailleurs rien de fortuit. Il est ami de Claude Monet et d'Edgar Degas et croise souvent Renoir au Café de

La Rochefoucauld, aux Dîners des Bons Cosaques ou encore à La Grenouillère, sur les bords de la Seine à Bougival. L'écrivain, qui possède une maison à Chatou juste en face, y campe l'un de ses romans, *Yvette*, en 1885. Il y décrit l'île de Croissy et son restaurant flottant, ses scènes de baigneurs aux mœurs légères, ouvrières avec leurs amants, canotiers, immortalisées par Renoir et Monet en 1869, dans deux tableaux intitulés *La Grenouillère* et peints côte à côte. L'univers de Maupassant rejoint celui de Renoir à de nombreuses reprises. Ainsi, dans la nouvelle « Une partie de campagne », parue en 1881, une scène de balançoire semble tout droit sortie du tableau de Renoir, intitulé *La Balançoire* et peint en 1876. Toujours à Chatou, Maupassant fréquente le restaurant Fournaise qui servira de décor au tableau de Renoir, *Le Déjeuner des canotiers* en 1881. Ce même restaurant, sous le nom de restaurant Grillon, apparaît dans la nouvelle « La Femme de Paul », publiée la même année.

... brille d'un éclat factice et pourtant plus vrai que nature...

Si les deux hommes se connaissent et s'apprécient, on ne peut imaginer deux personnalités plus opposées. Relatant les mêmes sujets, tentant tous deux de capter ce qui fait l'essence de l'univers dans lequel ils évoluent, partageant ce goût de la modernité dans ce qu'elle a de plus trivial et de plus quotidien, ils en tirent pourtant une vision diamétralement opposée. Cette différence de tempérament sera admirablement résumée par Jean Renoir, fils du peintre, dans la biographie de son père, *Pierre-Auguste Renoir, mon père :* « Chez Fournaise, mon père rencontrait parfois Maupassant. Les deux hommes sympathisaient, mais admettaient qu'ils n'avaient rien en commun. Renoir disait de l'écrivain : "Il voit tout en noir !" Et ce dernier disait du peintre : "Il voit tout en rose !" Ils s'accordaient sur un point. "Maupassant est fou !" disait Renoir. "Renoir est fou !" disait Maupassant. » Pour amusante, cette anecdote n'en est pas moins juste. *La Loge* est, en effet, comme le versant lumineux du conte « Les Bijoux », où l'humour féroce de Maupassant se serait évaporé au profit d'une vision féerique et optimiste. La duplicité et la noirceur de sentiment qui animent les personnages de l'histoire — la fausse vertu de la dame entretenue par son amant, le chagrin du mari vite envolé dès lors que les bijoux offerts par l'amant se révèlent vrais —, toute cette comédie humaine, assez peu reluisante sous la plume de l'écrivain, se colore et s'adoucit sous le pinceau du peintre. Si, chez Maupassant, même les pierres véritables ont un faux air de verroteries, tout chez Renoir, bijoux, étoffes, pupilles, brille d'un éclat factice et pourtant plus vrai que nature.

DOSSIER

Le texte

en perspective

Nicolas Saulais

SOMMAIRE

Vie littéraire : Un siècle en « mouvements »   **129**
   1. Un auteur sous influence   130
   2. Un écrivain en « mouvements » ! De l'héritage à l'originalité   134

L'écrivain à sa table de travail : L'art de la nouvelle   **140**
   1. Un homme sur tous les fronts   141
   2. Le souci du réel   144
   3. Des personnages familiers   148
   4. Un narrateur tout-puissant ?   151

Groupement de textes thématique : Guerre et littérature   **155**

Virgile, *Énéide* (156) ; Voltaire, *Candide* (157) ; Henri Barbusse, *Le Feu* (159) ; Erich Maria Remarque, *À l'ouest rien de nouveau* (161) ; Jacques Prévert, *« L'Ordre nouveau »* (163)

Groupement de textes stylistique : Incipits de nouvelles   **165**

Théophile Gautier, « La Cafetière » (166) ; Edgar Allan Poe, « Le Masque de la Mort rouge » (168) ; Guy de Maupassant, « La Main d'écorché » (170) ; Marcel Aymé, *Le Vin de Paris* (172) ; Dino Buzzati, « Pauvre Petit Garçon ! » (174)

Chronologie : Guy de Maupassant et son temps   **177**
   1. Une enfance normande fondatrice (1850-1870)   177
   2. Combats : de l'épée à la plume (1870-1878)   180
   3. Une spectaculaire fécondité littéraire (1878-1887)   182
   4. Une lente descente aux enfers (1887-1893)   184

Éléments pour une fiche de lecture   **187**

Vie littéraire

Un siècle en « mouvements »

TOUT GRAND AUTEUR EST CONFRONTÉ À UN PARADOXE. D'abord, il doit s'inscrire dans un siècle puisqu'il est lui-même le fruit d'un héritage et d'influences. Ainsi, situer sa création permet de le repérer. C'est un réflexe louable d'historien... ou de professeur. Dans le même temps, l'assimiler à un mouvement peut s'avérer réducteur, et s'il assume parfois une certaine filiation avec d'illustres prédécesseurs, il peut tendre farouchement à imposer la singularité et l'originalité de son œuvre, peut-être simplement parce que chaque auteur aspire à nous convaincre qu'il est unique et inclassable ! Son regard, son expérience, son imagination éclosent dans l'autonomie d'une alchimie sans cesse renouvelée. Dans la préface de *Pierre et Jean*, Guy de Maupassant estime qu'il est illusoire de « croire à la réalité puisque nous portons chacun la nôtre dans notre pensée et dans nos organes. Nos yeux, nos oreilles, notre odorat, notre goût différents créent autant de vérités qu'il y a d'hommes sur la terre ». Dans cet esprit, l'auteur a refusé d'être estampillé « naturaliste », « réaliste » voire « romantique », précisant avec un brin de provocation dans cette lettre de janvier 1877 adressée à son ami Paul Alexis : « Ces mots à mon sens ne signifient absolument rien et ne servent qu'à des querelles de tempéraments opposés. » Indépendant, libre et soucieux de justesse : telle est sa réalité.

1.

Un auteur sous influence

1. *Troisième République, première inspiration*

Le XIXe siècle s'illustre par sa fécondité en littérature, et la variété des mouvements obéit à un contexte historique et scientifique riche et complexe. Avec la défaite de Sedan en septembre 1870, c'est sur les cendres du Second Empire et les fondations instables de la troisième République que le jeune Maupassant trouve son inspiration. Engagé volontaire, il a assisté, dans la neige et le froid, à la défaite d'une armée française désorganisée. Il en nourrira son œuvre, à la lumière de *Boule de suif*, de « L'Aventure de Walter Schnaffs » ou d'« Un coup d'État », récits de débandade sidérante, de forfanterie éhontée ou de farce politique, comme l'illustre le narrateur d'« Un coup d'État » : « On ne savait pas au juste laquelle des républiques était revenue. » L'insurrection populaire de la Commune de Paris au printemps 1871, réprimée dans le sang, ajoute au chaos. La révélation des luttes sociales, le fossé entre le milieu bourgeois et le monde ouvrier incitent de nombreux auteurs à prendre de nouveaux chemins romanesques, liés au réalisme et au naturalisme. Parallèlement, science, économie et enseignement connaîtront un essor unique. Par conséquent, l'histoire propose à l'envi des sujets à traiter pour le journaliste-écrivain, amateur de chroniques et nouvelles. Écrire, il s'agit d'écrire. Comment façonner son style, et selon quel héritage ?

2. *Une filiation réaliste*

Foncièrement influencé par son maître et ami Gustave Flaubert, Maupassant ressent les mêmes exigences de réalisme. Son enfance normande, son sens de l'observation, ses qualités de journaliste que confirme le succès de ses chroniques incitent le jeune auteur à élire des sujets de prédilection : récits de guerre, drames conjugaux, farces normandes, mesquineries paysannes, désillusions bourgeoises. Le réalisme est soucieux de représenter la réalité humaine et sociale telle qu'elle est, sans recours factice à l'imaginaire. Ce courant se développe entre les années 1850 et 1890, même si Balzac projette déjà en 1842 dans l'avant-propos de *La Comédie humaine* — un titre déjà explicite ! — de dresser « l'inventaire des vices et des vertus », souhaitant parvenir à « écrire l'histoire oubliée par tant d'historiens, celle des mœurs ». Ouvriers, artisans et prostituées vont à présent peupler les romans. Dans *Le Rouge et le Noir*, Stendhal définit le roman comme « un miroir qui se promène sur une grande route ». Zola, pour mieux comprendre les individus, se soucie du détail et se « documente » sur les milieux dans lesquels il fait évoluer ses personnages, carnet de notes à la main. En 1864, Les frères Goncourt livrent, dans la préface de *Germinie Lacerteux,* héroïne domestique au destin tragique, cette phrase explicite : « Ce roman est un roman vrai […] ce livre vient de la rue. » Maupassant, pour sa part, puise dans sa propre existence, observe la société et sélectionne les éléments qui lui semblent essentiels, sans jamais toutefois renoncer à l'imagination :

« J'admire infiniment l'imagination et je place ce don au même rang que l'observation. » Dans une lettre citée par André Vial, l'auteur confirme cette puissante cohabitation : « Les drames que nos imaginations créent sont au-dessous de la réalité. Nous ne pouvons pas écrire la vérité. La simple vérité est trop romanesque et trop terrifiante. »

3. *Une visée naturaliste*

Le souci de vérité aide évidemment le réalisme à cheminer vers le naturalisme ! Né de l'influence de la médecine et des sciences expérimentales, ce courant propose de reproduire la nature dans les arts. Ainsi, en littérature, le romancier invente une situation, place le personnage chargé d'une lourde hérédité dans un milieu social défini et observe comment la situation évolue ; enfin, il peut expliquer le comportement de son personnage avec une objectivité scientifique. « Nous devons opérer sur les caractères, sur les passions, sur les faits humains et sociaux comme les chimistes et les physiciens opèrent sur les corps bruts », déclare Zola dans *Le Roman expérimental*. Si l'être humain est influencé par ses sens et son milieu, la préparation d'un roman prend alors l'allure rigoureuse d'une enquête sociologique, par des recherches documentaires approfondies. Composée de vingt romans, la fresque des *Rougon-Macquart* de Zola se présente comme l'« *Histoire naturelle et sociale d'une famille sous le Second Empire* ». En haut de l'arbre généalogique, Adélaïde Fouque, à la santé psychique chancelante, est à l'origine de cette saga où chaque roman explore un univers particulier — monde de la finance, milieu ouvrier, paysans, mineurs, commerçants, etc. —, lié aux autres tomes par les ramifications héréditaires. Par la puissance de son écriture, Zola évoque avec un grand sens épique les mutations de la société. Pour marquer son intention, l'écrivain peut aussi créer une sorte de héros collectif : un groupe social incarnant un langage, des valeurs, des modes de vie. En 1876, *L'Assommoir*, immense succès, roman articulé autour du monde ouvrier, est défini selon Zola comme « le premier roman sur le peuple, qui ne mente pas et qui ait l'odeur du peuple ». Hérédité et influence du milieu : l'atelier de l'écrivain ne deviendrait-il pas le laboratoire du naturaliste ? Le critique littéraire Albert Thibaudet évoque ce mouvement de manière plus ambiguë, par une métaphore cinglante : « Le naturalisme tirait de la médiocrité un de ses principes créateurs, son sujet favori étant l'histoire d'une vie manquée. Les naturalistes fournissent à leur guêpe une proie fraîche qu'elle pique juste assez pour les immobiliser, pas assez pour les tuer. » La plume naturaliste serait-elle un dard féroce ? Léon Deffoux, journaliste et critique littéraire, évoque la doctrine en regard du romantisme : « C'est, après les excès de rêverie, la cure de rationalisme, le réveil de l'esprit critique, qui veut se donner un sentiment exact des réalités… » Analyser et créer sont-ils pour autant ennemis ? Non, et c'est davantage une combinaison qui semble intéresser Maupassant : il admire Zola pour sa capacité à portraitiser les milieux sociaux tout en transcendant le monde moderne en pleine évolution. Il participe d'ailleurs, en 1880, au recueil collectif impulsé par Zola, *Les Soirées de Médan*. C'est un tournant pour le jeune écrivain. *Boule de suif* est un coup de tonnerre. Selon Flaubert, la nouvelle « écrase » le recueil, ravit la vedette à Zola et lui ouvre les portes de la presse ! La décennie 1880 connaîtra un immense succès des formes courtes. Le jeune homme achève sa carrière administrative et s'inspirera du personnage de bureaucrate, qu'il va réinterpréter dans « Les Bijoux », « À cheval » ou « En famille ».

2.
Un écrivain en « mouvements » !
De l'héritage à l'originalité

1. *Vérité et simplicité*

Maupassant, naturaliste malgré tout ? Tout comme Zola, il est fasciné par le « groupe », le « collectif ». Il conçoit une sorte de personnage abstrait, émanation d'une caste sociale. Le narrateur d'« Un fou » ne s'y trompe pas : « L'être isolé, déterminé n'est rien, rien. La race est tout ! » Rapprochons-nous. C'est certainement sa capacité à explorer le fonctionnement psychologique de ses personnages, indépendamment d'une analyse sociale exclusive, qui définit la vérité de son style et la justesse de son écriture. En cela, il se différencie donc de ce mouvement. Dans *Le Gaulois* du 17 avril 1880, il affirme son indépendance créatrice, expliquant qu'il n'a « pas la prétention d'être une école » ! Les critiques contemporains de Maupassant évoquent dans ses nouvelles une « vérité puissante », des « petits chefs-d'œuvre d'observation », des « réalités de la vie ».

L'écriture juste de Maupassant obéit à un double souci : la vérité et la simplicité. Il se trouve que cela correspond à la charte réaliste et naturaliste. D'abord, l'impersonnalité de l'auteur n'exclut pas de nombreuses interventions du narrateur, parfois jusqu'à l'ironie, que ce soit dans « En wagon » (l'un des enfants est une « bonne petite bête »), dans « En famille » (Caravan, employé soumis, rentre au ministère « à la façon d'un coupable qui se constitue prisonnier » ou dans « Le Vieux » (les « deux ronflements inégaux [qui] accompagnèrent le râle ininterrompu du mourant » évoquent une cantate nocturne cynique). Ensuite, les personnages sont présentés sans héroïsation : Walter Schnaffs ou le docteur Massarel, instigateur du « coup d'État » ne sont-ils pas des antihéros ? Quant aux fonctionnements humains et sociaux, ils révèlent un déséquilibre, comme le manifestent quelques personnages confrontés à la mort. Ainsi, le défunt du « Réveillon » niche dans le coffre de la table à manger, faute de place ; madame Caravan dépouille feu sa belle-mère. Maupassant dénonce également une morale hypocrite, souvent véhiculée par la religion : le prêtre qui aide la jeune femme d'« En wagon » à accoucher se fait assister par les enfants, pourtant il assure leurs mères qu'« ils n'ont rien vu », alors qu'ils étaient témoins de la naissance, donc de la nudité de cette femme ! Vérité également quand il s'agit de retranscrire les dialogues en accents ou patois, chez les paysans d'« Un réveillon » (la femme avoue : « J'l'avons mis jusqu'à d'main dans la huche ») ou du « Vieux » (le gendre s'interroge : « Qué que j'allons faire ? »). Chez l'auteur normand, ces mêmes paysans sont des êtres simples, rudes, instinctifs comme peuvent l'être les animaux. À la simplicité morale de ses personnages, Maupassant fait correspondre une simplicité de l'écriture : un cadre, des personnages-types, des situations claires. Et le narrateur au regard acéré peut alors livrer son récit. Dans sa chronique du *Gaulois* parue le 14 juin 1882, Maupassant donne une leçon d'écriture : l'écrivain qui veut raconter une histoire vraie doit se défaire de sa tendance à dramatiser. Pour illustrer son propos, il relate un fait divers : un homme est retrouvé mort, victime d'un mari trompé, la bouche fermée par une épingle de femme. On peut faire deux interprétations de cette observation : soit on accorde à l'objet du délit une signification symbolique ; soit on envisage l'épingle dans sa seule dimension pratique puisque, en fermant la bouche de la victime, on empêche son corps de flotter. C'est cette dernière proposition que retient Maupassant, et qui correspond à ce qu'il tient pour vérité.

2. *Parnasse et symbolisme : la place de Maupassant*

Face au réalisme et au naturalisme surgissent deux mouvements. Le premier est poétique : dans la seconde moitié du XIXe siècle, le Parnasse, rejetant l'expression débordante des sentiments, fait de la perfection formelle le but ultime de l'art. Théophile Gautier, que Charles Baudelaire qualifie de « poète impeccable », et Leconte de Lisle incarnent cet « art pour l'art ». Puis, créé en réaction au naturalisme et au mouvement du Parnasse, le symbolisme, qui connaît son apogée à la fin du XIXe siècle et attire toute une génération d'écrivains, trouve réellement son écrin dans la poésie, traduisant une vérité perceptible au-delà des apparences. En effet, selon Charles Baudelaire, Stéphane Mallarmé ou Paul Verlaine, le monde est un mystère à déchiffrer.

Comment situer Maupassant par rapport à ces mouvements ? Le fil est mince, mais des correspondances peuvent apparaître. Des symbolistes, l'écrivain emprunte le pessimisme — ses contemporains sont médiocres —, la recherche d'une vérité sans artifice, une traduction en images (donc en symboles) de l'existence. À tout cela, Maupassant ajoute une réelle ironie. Ce n'est que lorsque le héros des « Bijoux » est veuf qu'il comprend que sa femme l'a trompé et l'extraordinaire rebondissement qui en découle : puisque les bijoux de sa défunte épouse sont vrais, contrairement à ce qu'il croyait, il se trouve à la tête d'une fortune exceptionnelle. N'y a-t-il pas une certaine forme d'ironie du sort qu'une morte ayant caché une partie de sa vie permette, de façon posthume, de sauver une existence ? « En famille » impose une chute de taille, terrifiante pour les personnages, cocasse pour les lecteurs. La réapparition de la mère de Caravan, pourtant déclarée morte par un professionnel de santé, oscille entre symbolisme et fantastique. La vieille femme semble être une allégorie de la Vengeance s'abattant sur le couple spoliateur qui s'est prématurément servi dans le patrimoine familial. « L'Aventure de Walter Schnaffs » tourne au quiproquo comique et pourtant parsemé de symboles essentiels quoique discrets : l'arrivée, dans un château, de l'ennemi, unique Prussien venu se constituer prisonnier, ennemi perçu ici au sens métonymique et collectif, fédère les peurs des habitants. Leur cri unique, « fait de huit cris poussés sur huit tons différents » précède une fuite immédiate qui vide la pièce concernée « en deux secondes », avant que le lieu ne devienne « silencieux comme un tombeau ». Le château, la peur, le tombeau : entre suggestion mythologique et hyperbole, les images du cadre s'imposent, avant que le « colonel » n'improvise sur son « petit agenda de commerce » un compte rendu erroné, simulacre d'une « lutte acharnée » qui évalue les morts et blessés prussiens à « cinquante » ! La chute stipule qu'il « fut décoré ». D'un théâtre l'autre : tout est réuni pour tourner en dérision « Un coup d'État ». Le curé, retranché dans une « église, muette et noire », dont la personnification la rend quasiment complice d'un régime vaincu, refuse de sonner le tocsin malgré la proclamation de la République ! Le maire, légitimiste absolu, n'envisage d'abord pas de se démettre de ses fonctions. Deux contrariétés pour le médecin dont les convictions républicaines sont mises à mal. Lorsque ce même docteur Massarel, à la tête d'une troupe de paysans, obtient finalement la révocation du maire et le buste de plâtre de Napoléon III, l'empereur déchu, il se lance, sur la place de la Mairie, dans une parodie involontaire de tragédie, d'abord verbale, puisqu'il s'adresse directement au buste, lui assurant que « Le Destin vengeur [l']a frappé » et que « la jeune et radieuse République se dresse ». Sans impact sur la population de la bourgade, le face-à-face vire au grotesque et au pathétique. La statue impériale au sourire « ineffaçable et moqueur » ne cède pas aux assauts de son arme, et c'est en vociférant « Périssent ainsi tous les traîtres ! » qu'il renverse d'un coup de poing la chaise de laquelle choit l'empereur de plâtre, dont le trouble achève de faire basculer cette nouvelle dans un fantastique... politique !

Au-delà des mouvements, des groupes, des filiations, de la vraisemblance initiale des faits et des personnages, Maupassant instaure, par un sens aigu de la mise en scène, une atmosphère. Selon lui, c'est « elle qui rend vivants, vraisemblables et acceptables les personnages et les événements [...] Tout arrive dans la vie et tout peut arriver dans le roman, mais il faut que l'écrivain ait la précaution et le talent de rendre tout naturel par le soin avec lequel il prépare les événements au milieu des circonstances environnantes ». Une atmosphère teintée de pessimisme et d'où surgissent parfois une forme plus ou moins consciente de tendresse ainsi qu'un humour salvateur, ultime politesse du désespoir d'un écrivain qui traverse les mouvements littéraires et la deuxième moitié du XIXe siècle.

Pour aller plus loin

Xavier BOURDENET, *Le Réalisme*, « La bibliothèque Gallimard » n° 202, 2007.

Théophile GAUTIER, *Mademoiselle de Maupin*, spécialement la préface, « Folio classique » n° 396.

Guy de MAUPASSANT, *Pierre et Jean*, spécialement la préface, « Folioplus classiques », n° 43.

L'écrivain
à sa table de travail

L'art de la nouvelle

« C'EST MOI QUI AI RAMENÉ EN FRANCE LE GOÛT violent du conte et de la nouvelle » : le succès des nouvelles de Maupassant résulte d'une adéquation exceptionnelle entre l'écrivain, son époque et un format en train de s'imposer grâce à la presse. De manière générale, l'auteur du XIXe siècle prend conscience de l'importance des journaux qui lui donnent une tribune et lui permettent de faire connaître ses créations ou de s'engager, à l'instar de Zola dans l'affaire Dreyfus. Grâce au travail journalistique, les conteurs soignent leur sens de l'observation. Les journaux apprécient la collaboration avec ces écrivains, dont les fictions divertissent et font contrepoint aux informations graves. Ces brefs récits agrandissent le lectorat. Tel est le XIXe siècle, et la décennie 1880 spécialement voit l'immense succès des formes courtes, présentes en première ou en deuxième page des quotidiens.

1.

Un homme sur tous les fronts

1. *Influences*

Formé par Flaubert, véritable maître qui a placé en lui tous ses espoirs, Maupassant arrive de façon privilégiée dans un contexte déjà faste aux écrivains-journalistes. Les univers des deux hommes convergent : répulsion du petit-bourgeois, dénonciation de la bêtise, ironie et pessimisme. Cependant, le disciple affirme rapidement son indépendance, confiant dans une lettre qu'il faut « voir juste, voir avec ses propres yeux et non avec ceux des maîtres », avant de poser le fondement de son écriture : « L'originalité d'un artiste s'indique d'abord dans les petites choses [...]. Il faut trouver aux choses une signification qui n'a pas encore été découverte et tâcher de l'exprimer d'une façon personnelle. » L'idéal de la nouvelle réside dans quelques règles simples : une écriture qui révèle l'intériorité par l'extérieur, une implication immédiate du lecteur dans le « milieu », une réduction des personnages à des types, et un fantastique moderne « sur la limite du possible », ce dernier point étant inspiré par Ivan Tourgueniev. L'écrivain, résidant en France, a impulsé la traduction en russe d'œuvres de Maupassant, dont deux récits suscitent spécialement son admiration : « Histoire d'une fille de ferme » et « En famille ». Cette dernière est encensée par la critique : Albert Wolff juge « remarquable » cette « étude des bas-fonds de la petite bourgeoisie », qui confirme la marque d'un « bel écrivain » doublé d'un « penseur ».

2. *Chroniques et nouvelles*

Le journalisme de Maupassant se coule facilement dans son esthétique réaliste, où le souci du vrai doit être relayé par un style unique. Faits divers et fiction s'unissent dans un récit bref, devenu la griffe de l'auteur. On peut considérer les années 1882, 1883 et 1884 comme ses « trois glorieuses », la production de contes et nouvelles explosant, à raison d'une soixantaine par an. La publication de chroniques en feuilleton (essentiellement entre 1880 et 1885) suscite également un intérêt croissant, d'autant plus qu'il est un témoin privilégié de son époque : il s'engage comme soldat dans la guerre franco-prussienne ou impose par des articles audacieux sa vision d'une certaine politique colonialiste. Journaliste et écrivain, il cerne rapidement les règles et les attentes d'un système.

Chronique et nouvelle : l'association s'avère dynamisante sur le plan créatif. Le narrateur d'« En famille », évoquant Caravan, consommateur de faits divers, commente cette interaction : « S'il lisait dans son journal d'un sou les événements et les scandales, il les percevait comme des contes fantaisistes inventés à plaisir pour satisfaire les petits employés » ! En effet, les lecteurs de *La Revue politique* et *Gil Blas* appartiennent à une classe sociale éloignée des petits-bourgeois médiocres ou provinciaux dont ils goûtent les aventures comme un exotisme.

3. *Quelques règles*

Chez Maupassant, la nouvelle obéit invariablement au même schéma : une exposition du cadre et des personnages, la mise en place d'une situation conventionnelle, le surgissement d'éléments imprévus et la chute, elle-même imprévisible. Son format, aussi contraignant que stimulant, s'adapte parfaitement au journal, offrant au lecteur tout ce qui définit ce type de récit en assurant son succès : brièveté, tonalité dominante, intrigue resserrée, chute insolite. Enfin, l'exigence de publication régulière fouette la créativité de l'auteur !

4. *Genèse des recueils*

Du conte au recueil, la genèse est complexe. Les débuts de Maupassant sont, en effet, contrastés. Son premier conte publié en 1875, « La Main d'écorché », s'inscrit dans un contexte professionnel difficile. Par la suite, en proie à une profonde mélancolie, sa production est sporadique, avec sept contes en cinq ans. Paraît en 1878 dans la revue *La Mosaïque* un récit qui n'intégrera aucun recueil du vivant de l'auteur : « Coco coco coco frais ! » Cette même année, Flaubert le réprimande et l'incite à se remettre au travail. Cette gifle épistolaire l'éclaire : *La Maison Tellier* (1881) constitue le tout premier recueil de contes en volume, vraisemblablement conçu pour prolonger le succès de *Boule de suif*, paru l'année précédente dans *Les Soirées de Médan*. Puis, perçu comme le recueil de l'apogée, *Les Contes du jour et de la nuit* (1885) reprennent la plupart des récits publiés dans *Le Gaulois* ou le *Gil Blas* entre avril 1882 et mars 1884.

5. *Résonances*

Les nouvelles se font parfois écho, lorsqu'elles ne sont pas l'atelier d'œuvres à venir. Citons trois exemples : « La Parure », publiée en janvier 1884, soit un an après « Les Bijoux », se déroule dans la même rue des Martyrs ; de surcroît, le faux collier de madame Loisel, motif de la ruine du couple, semble prendre sa revanche d'un récit à l'autre, puisque Lantin devient richissime grâce à l'infidélité de son épouse, couverte par d'autres hommes de vrais bijoux, qu'elle prétendait être des faux ! Le vrai et le faux jonglent dans ces nouvelles sur la duplicité et l'apparence. « Un lâche », publié en janvier 1884, récit d'un homme incapable d'affronter un duel au point de se suicider, nourrit l'épisode du duel dans *Bel-Ami*. Enfin, un parallèle troublant offre à Caravan et au jeune héros du « Papa de Simon » un cadre similaire, entre contemplation et fantastique : la nature. Le premier s'y réfugie pour se consoler du supposé décès de sa mère, le second pour fuir un groupe d'enfants cruels.

2.
Le souci du réel

Dans sa préface de *Pierre et Jean*, Maupassant livre cette magnifique formule : « l'illusion parfaite du vrai ». Selon lui, l'unique mission du réaliste, s'il est artiste, consiste à donner une vision de la vie « plus complète, plus saisissante et plus probante que la réalité même ».

1. *Emprunts et reprises*

Contrairement aux naturalistes purs, qui s'entourent d'une documentation pour écrire, Maupassant puise dans la réalité vécue. En matière d'inspiration s'entremêlent son sens de l'observation, des souvenirs personnels parfois liés à l'histoire, des faits divers ou des faits de société. L'auteur est notamment marqué par la guerre franco-prussienne (« Un coup d'État », « L'Aventure de Walter Schnaffs » ou *Boule de suif*) ou par la vie rurale normande (« Un réveillon » et « Le Vieux »). La critique sociale n'est pas absente, par la confrontation d'une victime de la société et d'un être plein de discernement. On retrouve cette situation d'affrontement dans quatre nouvelles du recueil : « À cheval » place Hector de Gribelin face à madame Simon, « En famille » divise le couple Caravan, « En wagon » confronte l'abbé au jeune Gontran de Vaulacelles. « Les Bijoux » enfin, s'ils révèlent la ruse féminine, permettent au héros de sortir de la situation initiale par le haut : monsieur Lantin, devenu riche, peut s'affranchir de son sinistre bureau. Maupassant procure à son personnage une délivrance qu'il se serait volontiers octroyée lui-même à l'époque où il souffrait de ses supérieurs hiérarchiques au ministère de la Marine !

2. *Thèmes du réel*

Selon Maupassant, l'homme est le jouet de ses angoisses et un pion pour la société : la mort, la religion et la guerre sont des thèmes récurrents. « Un réveillon », « En famille » et « Le Vieux » transgressent le respect dû à la mort en donnant un rôle inattendu au cadavre (ou supposé comme tel…) qui suscite en effet le rire, notamment celui du narrateur d'« Un réveillon », ou l'embarras, à la suite d'un diagnostic de décès erroné : la réception des Chicot en hommage au Vieux est prématurée, tandis que la mère de Caravan, dépossédée de ses biens, réclame qu'on les lui restitue après sa « résurrection ».

La vie spirituelle n'accompagne pas systématiquement les nouvelles traitant de la mort, les personnages étant trop médiocres et individualistes pour en avoir une. Elle est réduite à un rituel purement social dans « En famille ». La réapparition de la vieille mère Caravan lorgne même du côté du fantastique. Quant à l'abbé du « Wagon », sa figure à la fois antipathique et ridicule confirme l'aversion de Maupassant pour la religion et celui qui l'incarne, l'ecclésiastique, affublé d'une impardonnable hypocrisie. La description du jeune Gontran, peut-être un double de l'auteur qui a eu à expérimenter dans son adolescence des institutions catholiques relativement strictes, suscite la curiosité du lecteur avec sa résistance passive face à l'abbé. À la fois « malin, sournois, mauvais et drôle », il s'illustre par des « répliques à double sens qui inquiét[ai]ent ses parents ». Sa réplique finale, grinçante, balaie les faux-semblants d'une société, que Maupassant rejette, la jugeant dévote et hypocrite.

Autre thème majeur du recueil, la guerre. « L'Aventure de Walter Schnaffs » présente un soldat prussien qui, paradoxalement, s'enthousiasme de sa capture : « Il était prisonnier ! Sauvé ! » Le soldat « pacifique et bienveillant », nostalgique de son foyer, permet à Maupassant de montrer l'absurdité d'une guerre qui met des innocents en première ligne. L'auteur réserve son offensive au comportement grotesque des Français, en un mélange subtil de lâcheté et d'affabulation. C'est un « casque » qui soulève des « clameurs formidables », comme si ce simple objet synthétisait toutes les haines et tous les patriotismes. L'ennemi isolé est assailli par quelques miliciens. L'arrestation, qui vaudra à Ratier, marchand de drap propulsé colonel, une décoration, devient vraiment comique lorsqu'« un aïeul lança sa béquille au Prussien et blessa le nez d'un des gardiens » avant que « deux cents hommes » ne montent la garde autour du bâtiment... L'incipit d'« Un coup d'État », tout en ironie, critique l'armée, souvent taxée d'amateurisme à cause de la diversité sociale des troupes et de la dimension aléatoire du recrutement. Ici, la guerre a une incidence sur la vie politique locale : la mairie de Canneville passe aux mains d'un républicain après le désastre de Sedan. Surprise narrative, puisque ce coup d'État ne change rien, laissant dans sa torpeur le village concerné !

3. *Le lieu et l'atmosphère*

Les textes réalistes s'ouvrent généralement sur ce qui donne aux lecteurs en même temps qu'à l'action des repères : les indications spatio-temporelles. Selon Maupassant, « créer l'atmosphère d'un roman, faire sentir le milieu où s'agitèrent les êtres, c'est rendre possible la vie du livre ». Dans « Les Bijoux », Lantin habite la rue des Martyrs, nom prophétique puisqu'il sera malheureux — telle est la chute — avec sa seconde épouse. Gribelin, l'aristocrate nécessiteux, réside dans les « rues nobles, tristes rues du faubourg Saint-Germain » avant de se retrouver « à cheval » sur les Champs-Élysées ! C'est sur cette même avenue que l'oncle Ollivier, au crépuscule nostalgique de son existence, se souvient avoir été sauvé de justesse par un marchand de coco. L'autre moitié des contes se situe en Normandie, où l'auteur glane ses souvenirs et ses impressions passées. Cette plongée dans un monde de personnages étrangers au lecteur parisien lui promet une évasion. Car il existe pour l'écrivain une identité régionale : « Nous sommes les fils de la terre plus encore que les fils de nos mères. » Une terre qui relie aussi l'homme et le temps : la nouvelle « Le Vieux » s'ouvre sous un « tiède soleil d'automne », expression à la fois lumineuse et mélancolique, en écho avec ce que le Vieux va donner à vivre à ses enfants : une interminable agonie qui ressemble à une farce. Ce conte est bien symbolique « du jour et de la nuit », nom du recueil dont il est issu. Entre chien et loup, cet homme s'éternise et, par son effet d'attente, met à l'épreuve deux personnalités médiocres.

3.

Des personnages familiers

Sans parler de la dimension réaliste, la brièveté d'une nouvelle impose de mettre en place des personnages familiers au lecteur par leur allure, leur profession ou leur milieu social.

1. *Les paysans*

Les paysans sont déterminés, ont le sens pratique et semblent indifférents à la mort. Madame Simon, après avoir été percutée par le cheval de Gribelin, « souffrait effroyablement en dedans », avant de montrer d'un « œil sournois » qu'elle est consciente du parti qu'elle peut tirer d'un tel accident. « Obstinés et patients » sont les paysans qui accueillent le médecin au retour de son coup d'État dans son cabinet. Parce que la mort imminente du père risque de retarder le travail aux champs, les Chicot, présentant la « physionomie sauvage et brute qu'ont souvent les faces des paysans », anticipent une réception pour l'inhumation. Les expressions propres au parler paysan, les douillons (spécialité culinaire normande), l'avarice et les activités aux champs constituent des effets de réel. C'est « la figure contractée par l'angoisse » que la femme déplore de réitérer cette collation, puisque l'inhumation est retardée !

2. *Les petits-bourgeois*

L'employé petit-bourgeois (Lantin, Gribelin ou Caravan), figure habituelle chez Maupassant, est victime de la bureaucratie, de sa femme et de lui-même ! Non seulement les Gribelin s'appauvrissent mais ils doivent accueillir dans leur appartement la responsable de leur déchéance : double peine. Le cynisme vire au pessimisme ou à l'immoralité, puisque madame Simon est récompensée de sa malhonnêteté. La gratification offerte par le chef d'Hector de Gribelin, qui inspire son excursion fatale, est un cadeau empoisonné. La croix de la Légion d'honneur, marque de considération décrochée par Caravan, distingue selon le narrateur une « longue et misérable servitude », celle des « tristes forçats ». Elle opère malheureusement sur l'employé une métamorphose puisqu'il devient « majestueux et condescendant ».

3. *Les femmes*

Le souci de l'apparence et l'art de la dissimulation, à en croire comment les femmes sont traitées, vont de pair. La phrase prophétique du début des « Bijoux » vise autant madame Lantin que le manque de discernement de son époux, lequel « ne blâmait en elle que deux goûts, celui du théâtre et celui des bijouteries fausses » : aveu d'artifice d'une excellente comédienne. Triste chute pour l'homme dont elle s'est jouée, puisque l'on apprend que sa seconde épouse, quoique « très honnête », le « fit beaucoup souffrir ». L'escroquerie de madame Simon, renversée par le cheval de Gribelin, est une revanche sur sa propre existence de femme de ménage, « sur ces cinquante années d'escaliers montés et descendus ». Madame Caravan clôt cette galerie : dépouilleuse glaçante du cadavre de sa belle-mère, n'est-elle pas la cousine littéraire de la mère Chicot, avare et anticipatrice ?

4. *Les médecins*

Comment ne pas s'interroger sur ces médecins incompétents ? Aucun des cinq spécialistes ne détecte la comédie de madame Simon. Que penser du docteur Chenet qui diagnostique la mort de la mère de Caravan ? La filiation flaubertienne semble percer, tant les médiocres confrères de Charles Bovary peuvent alimenter la charge portée contre la médecine. Quant au docteur et commandant Massarel, « gros homme sanguin », « organisateur de la milice rurale », il délaisse ses patients pour improviser un coup d'éclat politique délirant. Ses actions sont constamment guidées par des « inspirations » plus ou moins heureuses, avant qu'il ne s'acharne avec une arme à feu sur le buste au « sourire ineffaçable » de l'empereur.

4.

Un narrateur tout-puissant ?

En 1882, Maupassant déclare dans *Gil Blas* : « Le romancier ne doit pas plaider, ni bavarder, ni expliquer. Les faits et les personnages seuls doivent parler. » Force est de constater qu'il éprouve un grand plaisir à pratiquer quelques entorses à cette assertion et qu'il intervient par différents procédés, comme les jugements de valeur péjoratifs, la modalisation, le tout plus ou moins relayé par une tonalité ironique.

Dans ce recueil, la narration est majoritairement assumée par l'auteur (à sept reprises), extérieur à l'action. Il peut semer quelques indices, comme dans l'incipit des « Bijoux », dont le héros « invraisemblablement heureux » est séparé du bonheur « vrai » par un adverbe qui exclut toute forme de réalité, à l'image du modalisateur « semblait », utilisé à deux reprises, et qui nuance le portrait mélioratif de l'épouse de Lantin. L'auteur peut davantage marquer sa présence, et se montrer compatissant, à l'image de ce portrait à la fois moqueur, attendri et plein d'humanité de Walter Schnaffs, antihéros « pacifique et bienveillant », « se sentant incapable de manœuvrer assez vivement cette arme rapide [la baïonnette] pour défendre son gros ventre ». Plus généralement, Maupassant est enclin aux commentaires acerbes. Son regard affûté de critique social s'exprime alors clairement. Au cœur des « familles autrefois brillantes et ruinées par l'inaction des hommes », « on vivotait pour garder les apparences », et la « gêne » devient à l'évidence « une misère de noble qui veut tenir son rang quand même » : voici comment la figure aristocratique du héros d'« À cheval » est présentée. « En wagon » embarque également des mères nobles (trois noms à particule) dans un tableau corrosif : le manque d'enthousiasme de ces femmes à récupérer elles-mêmes leur progéniture laissée en pension incite le narrateur à qualifier les trois enfants de « descendants », ce qui distancie immédiatement la fonction maternelle pour approcher un sens plus naturaliste ! « Un coup d'État » évoque les « petits-bourgeois devenus guerriers d'occasion » qui « juraient comme des charretiers pour se donner de la prestance », rappelant les sombres heures qui précèdent le désastre de Sedan, et déjà exploité dans le tableau d'ouverture de *Boule de suif*.

La description des héros de deux nouvelles, « Le Vieux » et « En famille », laisse éclater la verve cynique de Maupassant. Ainsi, dans la première, l'auteur évoque le corps peu harmonieux de maître Chicot, dont les « bras trop longs pendaient des deux côtés du corps », avant de décrire la coiffe de la paysanne « édentée », « un bonnet blanc, devenu jaune, [qui] couvrait quelques cheveux collés au crâne ». Dans la seconde, Caravan, avant de se retrouver « En famille », est perçu par le prisme réaliste et médical du docteur Chenet comme un « vieil employé ramolli » à la « figure rougeaude », au « cou graisseux » dont le « bedon » tombe entre « deux jambes flasques et grasses ». Cette nouvelle, la plus longue de ce présent recueil, permet à l'auteur d'approfondir quelques portraits. La première partie du récit cible la personnalité étroite, besogneuse et mesquine de Caravan, dont « la longue durée de la vie maternelle était comme une promesse pour lui-même ». Cette parole déclenche chez son interlocuteur, le docteur Chenet, un « regard de pitié ». D'abord abattu par le supposé décès de sa mère, il finit, lors d'une sortie au bord de la Seine, par pleurer « par une sorte de conscience d'honnête homme » avant de chercher de la compassion dans un café afin de « se rendre intéressant », comptant « sur un effet ». Quant à son épouse, elle s'illustre au même moment par une « crise convenable de chagrin », expression qui trahit l'insincérité de la peine. Pour compléter le portrait à charge, la pendule, objet de convoitise de l'épouse de Caravan, est vue par l'auteur comme « un de ces objets grotesques comme en produisit beaucoup l'art impérial ».

Cependant, la narration peut être confiée à un personnage fictif, intégré à la première personne. Dans « Un réveillon », le narrateur-observateur critique des personnages « mornes, avec l'air navré et abruti des paysans ». Ceux-là mêmes ont placé dans le coffre qui leur sert de table à manger un parent défunt. « Ses enfants avaient réveillonné dessus ! » s'exclame le narrateur-personnage, sans jugement immédiat. Son cousin s'en charge, qui les traite de « manants » avant de claquer la porte, suivi du narrateur « riant aux larmes ». Cette réaction décalée suscite un questionnement : rit-il de la colère de son cousin ou de la situation ? La tonalité de « Coco coco coco frais ! » est tout autre : le narrateur, neveu du défunt, relate un récit pittoresque, axé sur un legs mystérieux, voire poétique, nimbé d'une certaine nostalgie. Dans ces deux cas, l'auteur semble assumer une fonction de conteur, favorisant un contact direct avec le lecteur.

Pour continuer à lire des nouvelles

Marcel AYMÉ, Dino BUZZATI, Ray BRADBURY, *3 nouvelles sur le temps*, « Folioplus classiques » n° 240.

Nicolas GOGOL, *Le Nez, Le Manteau*, « Folioplus classiques » n° 187.

Jack LONDON, *Loup brun*, « Folioplus classiques » n° 210.

Guy de MAUPASSANT, *12 contes réalistes*, « Folioplus classiques » n° 42 ; *Boule de suif*, « Folioplus classiques » n° 103 ; *Le Horla*, « Folioplus classiques » n° 1 ; *Les Contes du jour et de la nuit*, « Folio classique » n° 1558 ; *Contes de la Bécasse*, « Folio classique » n° 3241.

Émile ZOLA, *3 nouvelles*, « Folioplus classiques » n° 141.

Groupement de textes thématique

Guerre et littérature

SI LA GUERRE EST UNE SOURCE D'INSPIRATION MAJEURE en littérature, c'est qu'elle interroge l'homme sur sa condition et ce qui l'amène à déclencher un conflit ou à s'engager dans un combat. Par ailleurs, elle permet à l'auteur de convoquer divers registres (épique, pathétique, tragique) et de nombreux procédés stylistiques (métaphores, allégories, personnifications), propres à susciter l'intérêt d'un lecteur. Ce dernier sera tenu en haleine, admiratif, ou sera transformé face aux exploits de personnages héroïques, inspirés par l'Histoire ou issus de l'imagination du créateur. Enfin, par un style unique, l'auteur peut dénoncer la violence et transmettre un message, donnant à son art une dimension majeure : avertir et éduquer le lecteur. Dès lors, toutes les armes littéraires sont possibles : ce groupement en propose un éventail. Le souffle épique de Virgile côtoie l'ironie grinçante de Voltaire ; chez Barbusse et Remarque, la brutalité réaliste confère au témoin une énergie exceptionnelle et saisissante, à la hauteur de son expérience douloureuse. Prévert enfin, dans son costume de poète, apporte à l'horreur, sans la déréaliser, une dimension unique, imposant par des images fulgurantes son humanisme à la fois rieur et désolé.

> **VIRGILE (70 av. J.-C.–19 av. J.-C.)**
> *Énéide*
> (entre 29 av. J.-C. et 19 av. J.-C.)
> (trad. d'A. Bellesort, Les Belles Lettres)
>
> *Épopée du poète latin Virgile, l'*Énéide, *composée de douze chants, est écrite sous le « siècle d'Auguste », âge d'or de la littérature romaine. Demeuré inachevé, ce long poème, inspiré de l'*Iliade *et de l'*Odyssée *d'Homère, glorifie l'Empire romain. Il en retrace les origines et l'histoire, en relatant les aventures d'Énée, fils d'Anchise et d'Aphrodite, jeune et vaillant chef de guerre troyen. Après de nombreuses péripéties sur la Méditerranée, il aborde l'Italie en conquérant avant de s'y installer. Néanmoins, il doit se confronter aux peuples latins (dont les Rutules) qui y sont établis. La présente scène se situe à la fin de l'*Énéide. *Après moult combats, Énée, le chef des Troyens, et Turnus, le chef des Rutules, optent pour un combat singulier. Mais Turnus hésite à combattre en duel, conscient d'être abandonné des dieux.*

Pendant qu'il hésite, Énée brandit le trait fatal, guettant le moment et la place favorables et, de loin, avec toute la force de son corps, il lance. Jamais machine de guerre ne jeta de pierre plus bruyante ; jamais la foudre ne fit en éclatant un pareil fracas. Le javelot vole comme un noir tourbillon, chargé d'une terrible mort : il perce le bord du bouclier formé de sept lames, l'extrémité de la cuirasse et traverse en sifflant le milieu de la cuisse. Frappé, Turnus ploie le jarret et tombe à terre, énorme. Les Rutules se dressent en poussant un gémissement ; toute la montagne environnante y répond et au loin les bois profonds le renvoient. Turnus à terre lève les yeux et suppliant tend sa main dans un geste d'imploration :

« Oui, je l'ai mérité ; je ne demande pas grâce, use de ta chance, dit-il. Je t'en conjure, si quelque souci d'un père misérable peut te toucher, — songe à ce que fut pour toi ton père Anchise. Rends-moi aux miens, ou, si tu le préfères, rends-leur mon corps dépouillé de la vie. Tu as été vainqueur, et les Ausoniens ont vu le vaincu te tendre les mains. Lavinie est ton épouse. Que ta haine n'aille pas plus loin. »

Debout, frémissant sous ses armes, Énée, le regard incertain, retint son bras. Il hésitait de plus en plus ; les paroles de Turnus avaient commencé à le fléchir lorsqu'il aperçut et reconnut sur lui, au sommet de l'épaule, le funeste baudrier et les lanières aux clous étincelants du jeune Pallas, de celui que Turnus avait vaincu, blessé, terrassé, et dont il portait sur les épaules l'insigne ennemi. La vue de ce trophée, de ce monument, d'une douleur cruelle, l'enflamma de fureur, et terrible de colère :

« Quoi, tu m'échapperais recouvert de la dépouille des miens ? C'est Pallas (Athéna) qui par ma main, c'est Pallas qui t'immole et se venge dans ton sang de ta scélératesse. » En disant ces mots, il lui plongea son épée dans la poitrine avec emportement. Le froid de la mort glace les membres de Turnus, et son âme indignée s'enfuit en gémissant chez les ombres.

VOLTAIRE (1694-1778)

Candide (1759)

(« Folioplus classiques »)

Au XVIIIe siècle, Voltaire a éclairé lecteurs et concitoyens sur quelques thèmes chers aux Lumières. Leur espoir ? Le triomphe de la raison et de la culture sur la foi et l'ignorance !

Dans cet esprit, Candide *paraît en 1759. Chassé du paradis de Thunder-Ten-Tronckh pour avoir embrassé la fille du Baron, le jeune homme est enrôlé de force dans l'armée bulgare. Le voici au chapitre 3, face à l'expérience tragique de la guerre. Opportunité saisie par Voltaire pour associer aux impératifs narratifs du conte (succession de péripéties) des objectifs philosophiques (démontrer que rien n'est pour le mieux, contrairement à ce que lui a inculqué son précepteur Pangloss). L'auteur est ainsi confronté à deux visions de la guerre : le spectacle des armées symétriques et ordonnées offre un tableau où la violence semble valorisée ;* a contrario, *l'envers du décor révèle, dans son réalisme, la guerre et l'horreur du sort infligés aux populations civiles.*

Comment Candide se sauva d'entre les Bulgares, et ce qu'il devint

Rien n'était si beau, si leste, si brillant, si bien ordonné que les deux armées. Les trompettes, les fifres, les hautbois, les tambours, les canons, formaient une harmonie telle qu'il n'y en eut jamais en enfer. Les canons renversèrent d'abord à peu près six mille hommes de chaque côté ; ensuite la mousqueterie ôta du meilleur des mondes environ neuf à dix mille coquins qui en infectaient la surface. La baïonnette fut aussi la raison suffisante de la mort de quelques milliers d'hommes. Le tout pouvait bien se monter à une trentaine de mille âmes. Candide, qui tremblait comme un philosophe, se cacha du mieux qu'il put pendant cette boucherie héroïque.

Enfin, tandis que les deux rois faisaient chanter des *Te Deum*[1] chacun dans son camp, il prit le parti d'aller raisonner ailleurs des effets et des causes. Il passa par-dessus des tas de morts et de mourants, et gagna d'abord un village voisin ; il était en cendres : c'était un village abare que les Bulgares avaient brûlé, selon les lois du droit public. Ici des vieillards criblés de coups

---

1. Chant religieux qui, entre autres, consacre les victoires.

regardaient mourir leurs femmes égorgées, qui tenaient leurs enfants à leurs mamelles sanglantes ; là des filles, éventrées après avoir assouvi les besoins naturels de quelques héros, rendaient les derniers soupirs ; d'autres, à demi brûlées, criaient qu'on achevât de leur donner la mort. Des cervelles étaient répandues sur la terre à côté de bras et de jambes coupés.

Candide s'enfuit au plus vite dans un autre village : il appartenait à des Bulgares, et des héros abares l'avaient traité de même. Candide, toujours marchant sur des membres palpitants ou à travers des ruines, arriva enfin hors du théâtre de la guerre, portant quelques petites provisions dans son bissac, et n'oubliant jamais Mlle Cunégonde. Ses provisions lui manquèrent quand il fut en Hollande ; mais ayant entendu dire que tout le monde était riche dans ce pays-là, et qu'on y était chrétien, il ne douta pas qu'on ne le traitât aussi bien qu'il l'avait été dans le château de monsieur le baron, avant qu'il en eût été chassé pour les beaux yeux de Mlle Cunégonde.

Henri BARBUSSE (1873-1935)

Le Feu (1916)

(« Folioplus classiques »)

Roman autobiographique couronné par le prix Goncourt en 1916, Le Feu *d'Henri Barbusse est d'abord publié en 93 épisodes dans le quotidien* L'Œuvre, *son directeur souhaitant livrer aux lecteurs des « impressions du front ». La décision de l'auteur d'en constituer un « bouquin », selon ses propres termes, correspond à un profond besoin de restituer l'horreur de la vie des tranchées par une vérité d'écriture, dont la crudité langagière a souvent été bridée par le journal. La controverse qui naît du récit de ce soldat exemplaire ne fera que renforcer l'engagement et les convictions politiques de son auteur. Cet extrait est tiré du chapitre paroxystique de l'œuvre, intitulé « Bombardement ». Un tableau expressionniste — les personnifications abondent — voire lyrique de la guerre et un dialogue décalé entre ses protagonistes s'entremêlent.*

Dans une odeur de soufre, de poudre noire, d'étoffes brûlées, de terre calcinée, qui rôde en nappes sur la campagne, toute la ménagerie donne, déchaînée. Meuglements, rugissements, grondements farouches et étranges, miaulements de chat qui vous déchirent férocement les oreilles et vous fouillent le ventre, ou bien le long ululement pénétrant qu'exhale la sirène d'un bateau en détresse sur la mer. Parfois même des espèces d'exclamations se croisent dans les airs, auxquelles des changements bizarres de ton communiquent comme un accent humain. La campagne, par places, se lève et retombe ; elle figure devant nous, d'un bout de l'horizon à l'autre, une extraordinaire tempête de choses.

Et les très grosses pièces, au loin, propagent des grondements très effacés et étouffés, mais dont on sent la force au déplacement de l'air qu'ils vous tapent dans l'oreille.

... Voici fuser et se balancer sur la zone bombardée un lourd paquet d'ouate verte qui se délaie en tous sens. Cette touche de couleur nettement disparate dans le tableau attire l'attention, et toutes nos faces de prisonniers encagés se tournent vers le hideux éclatement.

— C'est des gaz asphyxiants, probable. Préparons nos sacs à figure !

— Les cochons !

— Ça, c'est vraiment des moyens déloyaux, dit Farfadet.

— Des quoi ? dit Barque, goguenard.

— Ben oui, des moyens pas propres, quoi, des gaz...

— Tu m'fais marrer, riposte Barque, avec tes moyens déloyaux et tes moyens loyaux... Quand on a vu des

hommes défoncés, sciés en deux, ou séparés du haut en bas, tendus en gerbes par l'obus ordinaire, des ventres sortis jusqu'au fond et éparpillés comme à la fourche, des crânes rentrés tout entiers dans l' poumon comme à coups de masse, ou, à la place de la tête, un p'tit cou d'où une confiture de groseille de cervelle tombe tout autour, sur la poitrine et le dos. Quand on l'a vu et qu'on vient dire : « Ça, c'est des moyens propres, parlez-moi d' ça ! »
— N'empêche que l'obus, c'est permis, c'est accepté...
— Ah là là ! Veux-tu que j' te dise ? Eh bien, tu m' f'ras jamais tant pleurer que tu m' fais rire !
Et il tourne le dos.

Erich Maria REMARQUE (1898-1970)
À l'ouest rien de nouveau (1929)

(trad. d'A. Hella et O. Bournac, Stock)

Considéré comme un roman pacifiste autant que réaliste, À l'ouest rien de nouveau connaît un succès considérable, au point d'être adapté en 1930 au cinéma par Universal, moins de deux ans après sa parution, et ce malgré les menaces à peine voilées du ministre du Reich Goebbels. Interdit par les nazis, jugeant qu'il « trahit la mémoire de nos soldats », le livre est brûlé dans un autodafé en 1933, date à laquelle Erich Maria Remarque s'exile. Le narrateur, Paul Bäumer, jeune soldat allemand de dix-neuf ans, s'est engagé avec ses camarades dans l'armée. Tous avancent fiers et enthousiastes à l'idée de servir leur nation. Cependant, la brutalité des combats et l'horreur de la guerre émietteront leur idéal patriotique. Peu à peu dépossédés de leur individualité, les soldats sont métamorphosés en êtres disciplinés, mécaniques et parfois indifférents à leur condition. L'instruction militaire associée au terrain infernal de la Première Guerre mondiale a achevé d'effacer leur sensibilité. Dans cet extrait, le jeune protagoniste vient de poignarder un soldat français qui avait élu refuge dans le même trou d'obus que lui pour échapper aux bombardements. Le combattant succombe après une longue agonie.

Je parle, il faut que je parle. C'est pourquoi je m'adresse à lui, en lui disant : « Camarade, je ne voulais pas te tuer. Si, encore une fois, tu sautais dans ce trou, je ne le ferais plus, à condition que toi aussi tu sois raisonnable. Mais d'abord tu n'as été pour moi qu'une idée, une combinaison née dans mon cerveau et qui a suscité une résolution ; c'est cette combinaison que j'ai poignardée. À présent je m'aperçois pour la première fois que tu es un homme comme moi. J'ai pensé à tes grenades, à ta baïonnette et à tes armes ; maintenant c'est ta femme que je vois, ainsi que ton visage et ce qu'il y a en nous de commun. Pardonne-moi, camarade. Nous voyons les choses toujours trop tard. Pourquoi ne nous dit-on pas sans cesse que vous êtes, vous aussi, de pauvres chiens comme nous, que vos mères se tourmentent comme les nôtres et que nous avons tous la même peur de la mort, la même façon de mourir et les mêmes souffrances ? Pardonne-moi, camarade ; comment as-tu pu être mon ennemi ? Si nous jetions ces armes et cet uniforme tu pourrais être mon frère, tout comme Kat et Albert. Prends vingt ans de ma vie, camarade, et lève-toi… Prends-en davantage, car je ne sais pas ce que, désormais, j'en ferais encore. »

Tout est calme. Le front est tranquille, à l'exception du crépitement des fusils. Les balles se suivent de près ; on ne tire pas n'importe comment. Au contraire, on vise soigneusement de tous les côtés. Je ne puis pas quitter mon abri.

« J'écrirai à ta femme, dis-je hâtivement au mort. Je veux lui écrire ; c'est moi qui lui apprendrai la nouvelle ; je veux tout lui dire, de ce que je te dis ; il ne faut pas qu'elle souffre ; je l'aiderai, et tes parents aussi, ainsi que ton enfant… »

Son uniforme est encore entrouvert. Il est facile de trouver le portefeuille. Mais j'hésite à l'ouvrir. Il y a là son livret militaire avec son nom. Tant que j'ignore son nom, je pourrai peut-être encore l'oublier ; le temps effacera cette image. Mais son nom est un clou qui s'enfoncera en moi et que je ne pourrai plus arracher. Il a cette force de tout rappeler, en tout temps ; cette scène pourra toujours se reproduire et se présenter devant moi.

Jacques PRÉVERT (1900-1977)
« L'ordre nouveau »
Paroles (1946)

(Éditions Gallimard, « Folioplus classiques »)

D'abord publiés indépendamment dans diverses revues, près de cent textes de Prévert sont rassemblés dans le recueil Paroles *en 1946, avant de connaître un succès considérable. Sociale, engagée ou lyrique, la poésie de Prévert développe des thèmes très diversifiés : le quotidien, l'amour, l'enfance, la création, Paris, mais surtout la guerre et la violence. Ce poème présente une scène de guerre à la fois réaliste, universelle et imagée. S'y côtoient un massacre, une allégorie, des métaphores, de l'ironie et de la nostalgie. Les personnages, anonymes et leurs actes se muent en symboles. Seule figure identifiable, le maréchal Pétain, pantin ridiculisé et désigné comme responsable de l'horreur dans laquelle il a plongé son peuple. Prévert dénonce ici l'absurdité d'un conflit ainsi que le dérèglement humain face à la guerre.*

Le soleil gît sur le sol
Litre de vin rouge brisé
Une maison comme un ivrogne
Sur le pavé s'est écroulée
Et sous son porche encore debout
Une jeune fille est allongée

Un homme à genoux près d'elle
Est en train de l'achever
Dans la plaie où remue le fer
Le cœur ne cesse de saigner
Et l'homme pousse un cri de guerre
Comme un absurde cri de paon
Et son cri se perd dans la nuit
Hors la vie hors du temps
Et l'homme au visage de poussière
L'homme perdu et abîmé
Se redresse et crie « Heil Hitler ! »
D'une voix désespérée
En face de lui dans les débris
D'une boutique calcinée
Le portrait d'un vieillard blême
Le regarde avec bonté
Sur sa manche des étoiles brillent
D'autres aussi sur son képi
Comme les étoiles brillent à Noël
Sur les sapins pour les petits
Et l'homme des sections d'assaut
Devant le merveilleux chromo
Soudain se retrouve en famille
Au cœur même de l'ordre nouveau
Et remet son poignard dans sa gaine
Et s'en va tout droit devant lui
Automate de l'Europe nouvelle
Détraqué par le mal du pays
Adieu adieu Lily Marlène
Et son pas et son chant s'éloignent dans la nuit
Et le portrait du vieillard blême
Au milieu des décombres
Reste seul et sourit
Tranquille dans la pénombre
Sénile et sûr de lui.

Groupement de textes stylistique

Incipits de nouvelles

QUE L'INCIPIT COMMENCE ! D'origine latine, le verbe *incipere* signifie « commencer ». Son rôle ? Il informe d'abord sur le registre du roman : réaliste, fantastique, épistolaire, etc. Un cadre identifiable (contexte historique, géographique, social, psychologique...) assure une situation d'énonciation claire. Ensuite, l'incipit doit saisir le lecteur, éveillant en lui un intérêt immédiat : c'est la bascule, sous la forme d'un élément modificateur vraisemblable ou insolite, suscitant un certain mystère, une inquiétude forte ou provoquant parfois le rire. Certains auteurs transgressent cette ouverture de la nouvelle en plongeant le lecteur *in media res*, c'est-à-dire dans le feu de l'action. N'oublions pas que notre premier regard d'une œuvre se pose sur l'incipit, assurant notre entrée dans la maison, le palais ou le labyrinthe de l'architecte-écrivain. Ce groupement de textes se penche essentiellement sur le genre fantastique, très en vogue au XIXe siècle et représenté par d'éminents ambassadeurs : Gautier, Maupassant, Poe. Non moins éclatants, les nouvellistes du XXe siècle, Aymé et Buzzati apportent une touche ironique ou onirique, selon le jeu de l'anagramme ! Dans son *Introduction à la littérature fantastique,* Tzvetan Todorov déclare : « Le fantastique, c'est l'hésitation éprouvée par un être qui ne connaît que les lois naturelles, face à un événement en apparence surnaturel. » Chacun des personnages de ce corpus est diversement confronté à ce genre, mais tous plongent dans le récit grâce à l'incipit, véritable rampe de lancement pour l'aventure, qui ne marquera son arrêt qu'à la chute…

Théophile GAUTIER (1811-1872)
« La Cafetière » (1831)
Contes fantastiques
(« La bibliothèque Gallimard »)

Auteur du Roman de la momie *et du* Capitaine Fracasse, *Théophile Gautier considère Hugo comme son maître, mais c'est bel et bien son protecteur Balzac qui lui permet de publier ses premiers textes. Il s'illustre à vingt ans avec sa première nouvelle, intitulée « La Cafetière », sous-titrée « Conte fantastique ». Obéissant aux lois du genre et du registre, il pose dans cet incipit un cadre réaliste, cependant parsemé d'indices, autant de signes précurseurs qui sauront alerter un lecteur aguerri ! En effet, la symbolique des intempéries, la perte des repères du narrateur, lui-même assailli par de mauvais pressentiments et le décor figé et oppressant rappelant une époque révolue de l'histoire de France organisent le basculement dans le fantastique. Les phénomènes étranges, voire surnaturels s'invitent sans tarder, et c'est finalement l'hésitation entre deux interprétations qui explique l'intérêt du récit fantastique : le narrateur est-il en proie à un délire — auquel cas l'explication devient rationnelle ? Ou bien… sait-on jamais ?*

> J'ai vu sous de sombres voiles
> Onze étoiles,
> La lune, aussi le soleil,
> Me faisant la révérence,

> *En silence,*
> *Tout le long de mon sommeil.*
>
> LA VISION DE JACOB

L'année dernière, je fus invité, ainsi que deux de mes camarades d'atelier, Arrigo Cohic et Pedrino Borgnioli, à passer quelques jours dans une terre au fond de la Normandie.

Le temps, qui, à notre départ, promettait d'être superbe, s'avisa de changer tout à coup, et il tomba tant de pluie, que les chemins creux où nous marchions étaient comme le lit d'un torrent.

Nous enfoncions dans la bourbe jusqu'aux genoux, une couche épaisse de terre grasse s'était attachée aux semelles de nos bottes, et par sa pesanteur ralentissait tellement nos pas, que nous n'arrivâmes au lieu de notre destination qu'une heure après le coucher du soleil.

Nous étions harassés ; aussi, notre hôte, voyant les efforts que nous faisions pour comprimer nos bâillements et tenir les yeux ouverts, aussitôt que nous eûmes soupé, nous fit conduire chacun dans notre chambre.

La mienne était vaste ; je sentis, en y entrant, comme un frisson de fièvre, car il me sembla que j'entrais dans un monde nouveau.

En effet, l'on aurait pu se croire au temps de la Régence, à voir les dessus-de-porte de Boucher représentant les Quatre Saisons, les meubles surchargés d'ornements de rocaille du plus mauvais goût, et les trumeaux des glaces sculptés lourdement.

Rien n'était dérangé. La toilette couverte de boîtes à peignes, de houppes à poudrer, paraissait avoir servi la veille. Deux ou trois robes de couleurs changeantes, un éventail semé de paillettes d'argent, jonchaient le parquet bien ciré, et, à mon grand étonnement, une tabatière d'écaille ouverte sur la cheminée était pleine de tabac encore frais.

Je ne remarquai ces choses qu'après que le domestique, déposant son bougeoir sur la table de nuit, m'eut souhaité un bon somme, et, je l'avoue, je commençai à trembler comme la feuille. Je me déshabillai promptement, je me couchai, et, pour en finir avec ces sottes frayeurs, je fermai bientôt les yeux en me tournant du côté de la muraille.

Mais il me fut impossible de rester dans cette position : le lit s'agitait sous moi comme une vague, mes paupières se retiraient violemment en arrière. Force me fut de me retourner et de voir.

Le feu qui flambait jetait des reflets rougeâtres dans l'appartement, de sorte qu'on pouvait sans peine distinguer les personnages de la tapisserie et les figures des portraits enfumés pendus à la muraille.

C'étaient les aïeux de notre hôte, des chevaliers bardés de fer, des conseillers en perruque, et de belles dames au visage fardé et aux cheveux poudrés à blanc, tenant une rose à la main.

Tout à coup le feu prit un étrange degré d'activité ; une lueur blafarde illumina la chambre et je vis clairement que ce que j'avais pris pour de vaines peintures était la réalité ; car les prunelles de ces êtres encadrés remuaient, scintillaient d'une façon singulière ; leurs lèvres s'ouvraient et se fermaient comme des lèvres de gens qui parlent, mais je n'entendais rien que le tic-tac de la pendule et le sifflement de la bise d'automne.

Une terreur insurmontable s'empara de moi, mes cheveux se hérissèrent sur mon front, mes dents s'entrechoquèrent à se briser, une sueur froide inonda tout mon corps.

Edgar Allan POE (1809-1849)

« Le Masque de la Mort rouge »
Nouvelles Histoires extraordinaires (1845)

(trad. de C. Baudelaire,
in *6 nouvelles fantastiques*, « Folioplus classiques »)

D'abord publié en 1842 dans un journal américain puis intégré aux Nouvelles histoires extraordinaires, *recueil de nouvelles traduites et réunies par Baudelaire en 1857, « Le Masque de la Mort rouge » appartient au genre littéraire du roman gothique, ancêtre du fantastique. Prenant comme cadre un lieu clos (château, abbaye, cimetière...), ce genre convoque les thèmes du mystère, de l'enfermement, de la malédiction ou du pacte avec le diable.* Frankenstein *de Mary Shelley,* Pauline *d'Alexandre Dumas,* Dracula *de Bram Stoker ou encore* Le Portrait de Dorian Gray *d'Oscar Wilde en sont quelques exemples. L'incipit de cette nouvelle se concentre sur la description et la propagation de la peste, cette Mort rouge. Le prince Prospero décide de combattre ce fléau en transformant son abbaye fortifiée en rempart absolu contre la maladie. L'indifférence au monde extérieur émane d'un microcosme centré sur le plaisir. L'allégorie de la Mort pourrait bien rappeler aux protagonistes et au lecteur que l'oublier ou la rejeter est inutile : elle frappera à la porte de n'importe quel édifice. Et cet incipit, voilé dans sa dernière phrase d'une discrète menace, le confirme !*

La *Mort Rouge* avait pendant longtemps dépeuplé la contrée. Jamais peste ne fut si fatale, si horrible. Son avatar, c'était le sang — la rougeur et la hideur du sang. C'étaient des douleurs aiguës, un vertige soudain, et puis un suintement abondant par les pores, et la dissolution de l'être. Des taches pourpres sur le corps, et spécialement sur le visage de la victime, la mettaient au ban de l'humanité, et lui fermaient tout secours et toute sympathie. L'invasion, le progrès, le résultat de la maladie, tout cela était l'affaire d'une demi-heure.

Mais le prince Prospero était heureux, et intrépide, et sagace. Quand ses domaines furent à moitié dépeuplés, il convoqua un millier d'amis vigoureux et allègres de cœur, choisis parmi les chevaliers et les dames de sa cour ; et se fit avec eux une retraite profonde dans une de ses abbayes fortifiées. C'était un vaste et magnifique bâtiment, une création du prince, d'un goût excentrique et cependant grandiose. Un mur épais et haut lui faisait une ceinture. Ce mur avait des portes de fer. Les courtisans, une fois entrés, se servirent de fourneaux et de solides marteaux pour souder les verrous. Ils résolurent de se barricader contre les impulsions soudaines du désespoir extérieur et de fermer toute issue aux frénésies du dedans. L'abbaye fut largement approvisionnée. Grâce à ces précautions, les courtisans pouvaient jeter le défi à la contagion. Le monde extérieur s'arrangerait comme il pourrait. En attendant, c'était folie de s'affliger ou de penser. Le prince avait pourvu à tous les moyens de plaisir. Il y avait des bouffons, il y avait des improvisateurs, des danseurs, des musiciens, il y avait le beau sous toutes ses formes, il y avait le vin. En dedans, il y avait toutes ces belles choses et la sécurité. Au-dehors, la *Mort Rouge*.

Guy de MAUPASSANT (1850-1893)
« La Main d'écorché » (1875)
Contes et nouvelles
(« Bibliothèque de la Pléiade »)

Première nouvelle rédigée en 1875 par Maupassant, La Main d'écorché *s'inscrit dans une veine fantastique et permet à son auteur, outre imposer la maîtrise de son style, de poser les fondements de son écriture dans ce genre spécifique : la nouvelle. Un narrateur anonyme livre ici un témoignage personnel. Le récit s'articule autour d'un groupe de jeunes amis qui boivent un verre ensemble ; cadre banal propice au surgissement de l'insolite. Un nouvel arrivant exhibe un souvenir de Normandie à l'aspect effrayant, la main d'un criminel du XVIII*[e]* siècle, dont le passé et les méfaits rafraîchissent les convives davantage qu'ils ne les fascinent. Et si l'humour des dialogues estompe un peu le malaise, le proverbe lancé à la fin de cet incipit avec ironie par un étudiant en médecine — garantie scientifique donc rationnelle — agit dès lors comme une prophétie. Maupassant reprendra des éléments de cette nouvelle dans « La Main » éditée en 1883 au cœur d'un recueil au succès considérable :* Les Contes du jour et de la nuit. *Pour l'heure, une question nous taraude : le jeune propriétaire de cette main tiendra-t-il compte de l'avertissement donné par ses camarades ?*

Il y a huit mois environ, un de mes amis, Louis R., avait réuni, un soir, quelques camarades de collège ; nous buvions du punch et nous fumions en causant littérature, peinture, et en racontant, de temps à autre, quelques joyeusetés, ainsi que cela se pratique dans les réunions de jeunes gens. Tout à coup la porte s'ouvre toute grande et un de mes bons amis d'enfance entre comme un ouragan. « Devinez d'où je viens », s'écria-t-il aussitôt. — « Je parie pour Mabille », répond l'un. — « Non, tu es trop gai, tu viens d'emprunter de l'argent, d'enterrer ton oncle, ou de mettre ta montre chez ma tante », reprend un autre ; « Tu viens de te griser, riposte un troisième, et comme tu as senti le punch chez Louis, tu es monté pour recommencer. » — « Vous n'y êtes point, je viens de P... en Normandie, où j'ai été passer huit jours et d'où je rapporte un grand criminel de mes amis que je vous demande la permission de vous présenter. » À ces mots, il tira de sa poche une main d'écorché ; cette main était affreuse, noire, sèche, très longue et comme crispée, les muscles, d'une force extraordinaire, étaient retenus à l'intérieur et à l'extérieur par une lanière de peau parcheminée, les ongles jaunes, étroits, étaient restés au bout des doigts ; tout cela sentait le scélérat d'une lieue. « Figurez-vous, dit mon ami, qu'on vendait l'autre jour les défroques d'un vieux sorcier bien connu dans toute la contrée ; il allait au sabbat tous les samedis sur un manche à balai, pratiquait la magie blanche et noire, donnait aux vaches du lait bleu et leur faisait porter la queue comme celle du compagnon de saint Antoine. Toujours est-il que ce vieux gredin avait une grande affection pour cette main, qui, disait-il, était celle d'un célèbre criminel supplicié en 1736, pour avoir jeté, la tête la première, dans un puits sa femme légitime, en quoi faisant je trouve qu'il n'avait pas tort, puis pendu au clocher de l'église le curé qui l'avait marié. Après ce double exploit, il était allé courir le monde et dans sa carrière aussi courte que bien remplie, il avait détroussé douze voyageurs, enfumé une vingtaine de moines dans leur couvent et fait un sérail d'un monastère de religieuses. » — « Mais que vas-tu faire de cette horreur ? » nous écriâmes-nous. — « Eh parbleu, j'en ferai mon bouton de sonnette pour effrayer mes créanciers. » — « Mon ami, dit Henri Smith, un grand Anglais très flegmatique, je crois que cette main est tout simplement de la viande indienne conservée par un procédé nouveau, je te conseille d'en faire du bouillon. » — « Ne raillez pas, Messieurs, reprit avec le plus grand sang-froid un étudiant en médecine aux trois quarts gris, et toi, Pierre, si j'ai un conseil à te donner, fais enterrer chrétiennement ce débris humain, de crainte que son propriétaire ne vienne te le redemander ; et puis, elle a peut-être pris de mauvaises habitudes cette main, car tu sais le proverbe : « Qui a tué tuera. »

Marcel AYMÉ (1902-1967)

Le Vin de Paris (1947)

(Éditions Gallimard, « Folio »)

Recueil de huit nouvelles se déroulant lors de l'occupation allemande, Le Vin de Paris *marque le goût de Marcel Aymé pour la poésie, l'humour et le fantastique autour de nombreux travers humains. Le conte se déroule en janvier 1945. Un petit employé tente de subvenir aux besoins de sa famille malgré les diverses restrictions liées à la guerre. Son principal malheur ? Être dans l'impossibilité d'étancher sa soif de... vin ! La pénurie l'obsède tant et si bien qu'il sombre dans la folie. En effet, à cause d'un rêve qui le hante, il confond tous les êtres qui l'entourent avec des bouteilles de vin, les poursuivant avant de les frapper pour mieux les déboucher. Une place d'honneur lui est attribuée à l'asile, où l'attend un traitement de choc : l'eau de Vittel ! Très étrangement, l'incipit de cette nouvelle prend le contre-pied total de cette histoire. Marcel Aymé entraîne d'abord son lecteur sur une fausse piste (le récit d'un vigneron insensible au vin !) lorsqu'il intervient soudain directement à la première personne pour interrompre son récit. Cinq pages plus loin surgit le second incipit, celui du récit finalement désiré par le narrateur. Dans une circularité humoristique, la chute rappelle l'incipit, l'écrivain réunissant les héros des deux récits dans un épilogue équilibré où chacun, l'alcoolique et le vigneron, trouve son compte dans une complémentarité rêvée.*

Il y avait, dans un village du pays d'Arbois, un vigneron nommé Félicien Guérillot qui n'aimait pas le vin. Il était pourtant d'une bonne famille. Son père et son grand-père, également vignerons, avaient été emportés vers la cinquantaine par une cirrhose du foie et, du côté de sa mère, personne n'avait jamais fait injure à une bouteille. Cette étrange disgrâce pesait lourdement sur la vie de Félicien. Il possédait les meilleures vignes de l'endroit comme aussi la meilleure cave. Léontine Guérillot, sa femme, avait un caractère doux et soumis et n'était ni plus jolie ni mieux tournée qu'il ne faut pour la tranquillité d'un honnête homme. Félicien aurait été le plus heureux des vignerons s'il n'avait eu pour le vin une aversion qui paraissait insurmontable. Vainement s'était-il appliqué de toute sa volonté et de toute sa ferveur à forcer une aussi funeste disposition. Vainement avait-il tâté de tous les crus dans l'espoir d'en découvrir un qui lui eût livré la clé du paradis inconnu. Ayant fait le tour des bourgognes, des bordeaux, des vins de Loire et du Rhône, des champagnes, des vins d'Alsace, des vins de paille, des rouges, des blancs, des rosés, des clairets, des algériens et des piquettes, il n'avait négligé ni les vins du Rhin, ni les tokays, ni les vins d'Espagne, d'Italie, de Chypre et du Portugal. Et chacune de ses tentatives lui avait apporté une nouvelle déception. Il en allait de tous les vins comme de l'arbois lui-même. Fût-ce à la saison de la plus grande soif, il n'en pouvait avaler seulement une gorgée qu'il ne lui semblât, chose horrible à penser, boire un trait d'huile de foie de morue.

Léontine était seule à connaître le terrible secret de son mari et lui aidait à le dissimuler. Félicien, en effet, n'aurait su avouer qu'il n'aimait pas le vin. C'eût été comme de dire qu'il n'aimait pas ses enfants et pire, car il arrive partout qu'un père en vienne à détester son fils, mais on n'a jamais vu au pays d'Arbois quelqu'un ne pas aimer le vin. C'est une malédiction du ciel et pour quels péchés, un égarement de la nature, une difformité monstrueuse qu'un homme sensé et bien buvant se refuse à imaginer. On peut ne pas aimer les carottes, les salsifis, le rutabaga, la peau du lait cuit. Mais le vin. Autant vaudrait détester l'air qu'on respire, puisque l'un et l'autre sont également indispensables. Ce n'était donc aucunement par un sot orgueil, mais par respect humain que Félicien Guérillot...

Voilà une histoire de vin qui partait, en somme, assez bien. Mais tout d'un coup, elle m'ennuie. Elle n'est pas du temps et je m'y sens comme dépaysé. Vraiment, elle m'ennuie, et une histoire qui m'ennuie me coûte autant à écrire qu'un verre de vin à boire à Félicien Guérillot. Outre quoi, j'ai passé l'âge de l'huile de foie de morue. J'abandonne donc mon histoire.

Dino BUZZATI (1906-1972)

« Pauvre Petit Garçon ! »
Le K (1966)

(trad. de J. Rémillet, Robert Laffont)

Tiré du recueil Le K *de Dino Buzzati, publié en 1966, « Pauvre petit garçon ! » relate l'histoire d'un jeune enfant que sa mère accompagne au jardin public. La nouvelle commence en pleine journée, lors d'une scène somme toute assez banale : un petit garçon au physique disgracieux est exclu par les autres enfants. L'impuissance et la maladresse de sa mère face aux humiliations subies achèvent d'assombrir le tableau. L'incipit, comme le reste de la nouvelle, nous conduit lentement vers une chute spectaculaire, qui révèle l'identité du jeune protagoniste. Le titre, qui suscitait initialement une forme de compassion, est saisi dans toute son ironie. L'auteur italien s'interroge ici sur la métamorphose d'un être en monstre, en imaginant l'enfance d'un tyran.*

Comme d'habitude, Mme Klara emmena son petit garçon, cinq ans, au jardin public, au bord du fleuve. Il était environ trois heures. La saison n'était ni belle ni mauvaise, le soleil jouait à cache-cache et le vent soufflait de temps à autre, porté par le fleuve.

On ne pouvait pas dire non plus de cet enfant qu'il était beau, au contraire, il était plutôt pitoyable même, maigrichon, souffreteux, blafard, presque vert, au point que ses camarades de jeu, pour se moquer de lui, l'appelaient Laitue. Mais d'habitude les enfants au teint pâle ont en compensation d'immenses yeux noirs qui illuminent leur visage exsangue et lui donnent une expression pathétique. Ce n'était pas le cas de Dolfi ; il avait de petits yeux insignifiants qui vous regardaient sans aucune personnalité.

Ce jour-là, le bambin surnommé Laitue avait un fusil tout neuf qui tirait même de petites cartouches, inoffensives bien sûr, mais c'était quand même un fusil ! Il ne se mit pas à jouer avec les autres enfants car d'ordinaire ils le tracassaient, alors il préférait rester tout seul dans son coin, même sans jouer. Parce que les animaux qui ignorent la souffrance de la solitude sont capables de s'amuser tout seuls, mais l'homme au contraire n'y arrive pas et s'il tente de le faire, bien vite une angoisse encore plus forte s'empare de lui.

Pourtant quand les autres gamins passaient devant lui, Dolfi épaulait son fusil et faisait semblant de tirer, mais sans animosité, c'était plutôt une invitation, comme s'il avait voulu leur dire : « Tiens, tu vois, moi aussi aujourd'hui j'ai un fusil. Pourquoi est-ce que vous ne me demandez pas de jouer avec vous ? » Les autres enfants éparpillés dans l'allée remarquèrent bien le nouveau fusil de Dolfi. C'était un jouet de quatre sous mais il était flambant neuf et puis il était différent des leurs et cela suffisait pour susciter leur curiosité et leur envie. L'un d'eux dit :

« Hé ! vous autres ! vous avez vu la Laitue, le fusil qu'il a aujourd'hui ? »

Un autre dit :

« La Laitue a apporté son fusil seulement pour nous le faire voir et nous faire bisquer mais il ne jouera pas avec nous. D'ailleurs, il ne sait même pas jouer tout seul. La Laitue est un cochon. Et puis son fusil, c'est de la camelote ! »

« Il ne joue pas parce qu'il a peur de nous », dit un troisième.

Et celui qui avait parlé avant :

« Peut-être, mais n'empêche que c'est un dégoûtant ! »

Mme Klara était assise sur un banc, occupée à tricoter, et le soleil la nimbait d'un halo. Son petit garçon était assis, bêtement désœuvré, à côté d'elle, il n'osait pas se risquer dans l'allée avec son fusil et il le manipulait avec maladresse.

Il était environ trois heures et dans les arbres de nombreux oiseaux inconnus faisaient un tapage invraisemblable, signe peut-être que le crépuscule approchait.

« Allons, Dolfi, va jouer, l'encourageait Mme Klara, sans lever les yeux de son travail.

— Jouer avec qui ?

— Mais avec les autres petits garçons, voyons ! vous êtes tous amis, non ?

— Non, on n'est pas amis, disait Dolfi. Quand je vais jouer, ils se moquent de moi.

— Tu dis cela parce qu'ils t'appellent Laitue ?

— Je veux pas qu'ils m'appellent Laitue !

— Pourtant moi je trouve que c'est un joli nom. À ta place, je ne me fâcherais pas pour si peu. »

Mais lui, obstiné :

« Je veux pas qu'on m'appelle Laitue ! »

Chronologie

Guy de Maupassant et son temps

1.
Une enfance normande fondatrice (1850-1870)

1. *L'enfant de la nature*

C'est au cœur de l'été 1850, le 5 août exactement, que Guy de Maupassant voit le jour, au château de Miromesnil, près de Dieppe, en Normandie, berceau fertile en vocations littéraires des plus illustres : Marie de France, Pierre Corneille, Alphonse Allais, Jules Barbey d'Aurevilly et… Gustave Flaubert. L'auteur de *Madame Bovary* est un ami de sa mère, Laure, femme érudite ; il deviendra bientôt le lumineux père spirituel d'un petit campagnard robuste, épris de liberté et d'indépendance, sensible au monde des paysans et des pêcheurs. L'autre Gustave, père biologique de Guy, manifeste son ennui au foyer en laissant libre cours à son inconstance et à son infidélité. Disputes, déchirures et absences sont la chronique d'une séparation annoncée. Déjà éprouvée, peu avant la naissance de son fils, par la mort de son jeune frère Alfred, fantôme encombrant happé par la mélancolie, madame de Maupassant jette toutes ses forces dans la maternité et l'éducation de ses deux garçons.

2. *Lumineuse campagne et sombre pension*

Laure s'installe en 1860 à Étretat avec Guy et Hervé, son frère cadet. Heures d'étude et longues promenades vivifiantes alternent, bâtissant un quotidien qui agit comme une révélation : nature et culture, pulsion et réflexion sont les pôles constitutifs du jeune adolescent. Sa mère décide, à la rentrée de 1863, de l'envoyer dans l'institution ecclésiastique d'Yvetot. D'abord docile et travailleur, il éprouve rapidement une profonde mélancolie, n'aspirant qu'à retrouver la mer et réclamant à sa mère un bateau ! Vœu honoré l'été 1864. Une période idyllique, entre navigation, lectures intensives et rencontre fortuite avec le peintre Camille Corot. Le retour au pensionnat convient mal à Guy : « L'austérité de cette vie de cloître allait mal à sa nature impressionnable et fine, et le pauvre enfant étouffait derrière ces hautes murailles », confirme Laure dans une lettre adressée à Flaubert. Elle inscrit son fils au lycée du Havre en avril 1866. Une courte échappatoire de quinze jours, avant le retour à l'école catholique d'Yvetot.

3. *Des convictions aux sentiments*

Au cœur d'une scolarité assez chaotique, son amour des lettres pousse le jeune Guy vers une frénésie créatrice qui lui assure des premières places en narration française et en version latine. Ses convictions politiques libérales s'affirment, le jeune lycéen se demandant trois ans avant sa chute si « cet animal de Napoléon [III] restera donc toujours sur le trône » ! Mais son hostilité à l'égard de la religion, qui traversera son œuvre, inspire ses travaux poétiques et de multiples provocations conduisent à son renvoi pur et simple en mai 1868 de l'institution. Cela ne l'empêche pas de devenir bachelier *ès* lettres l'année suivante. Entre-temps, sa rencontre avec Louis Bouilhet, poète et ami intime de Flaubert (parfois même son conseiller littéraire !), le galvanise. L'homme, qui encourage et guide, lors de fréquentes entrevues, le jeune homme dans son écriture, disparaît quelques mois plus tard. Une certaine Fanny, dédicataire d'un poème d'amour, pourrait bien accroître son chagrin car il la surprend tournant en dérision son ode en compagnie de quelques amis.

1844 Dumas, *Le Comte de Monte-Cristo*.
1848 Émeute républicaine à Paris. Abdication de Louis-Philippe. Proclamation de la deuxième République. Louis-Napoléon Bonaparte est président.
1852 Second Empire. Louis-Napoléon devient Napoléon III, empereur des Français. Hugo, banni, s'exile sur l'île de Jersey.
1855 Nerval, *Aurélia*.
1857 Flaubert, *Madame Bovary*. Baudelaire, *Les Fleurs du mal*.
1862 Hugo, *Les Misérables*.
1867 Zola, *Thérèse Raquin*.
1869 Flaubert, *L'Éducation sentimentale*.

2.
Combats : de l'épée à la plume
(1870-1878)

1. *Au cœur de l'histoire*

Maupassant entre en première année de droit à Paris quand le Second Empire sombre dans un tragique crépuscule. En août 1870, un mois après la déclaration de guerre de Napoléon III à la Prusse, Guy s'engage. Reddition à Sedan le 2 septembre. Les Prussiens progressent et gagnent la Normandie en décembre. Le jeune soldat, porteur de messages, déplore une désorganisation totale. La débâcle dans la neige et le froid l'ulcèrent. Des éléments qui constitueront le terreau de sa première nouvelle remarquée, *Boule de suif*. Maupassant attendra janvier 1872 pour être libéré de ses obligations militaires. Quelques semaines auparavant, une visite parisienne chez Flaubert scelle un lien fort, une filiation symbolique.

2. *Le ministère, le canot et le protecteur*

Le père de Maupassant parvient à lui trouver une place au ministère de la Marine, avant qu'il ne rejoigne, plus tard, celui de l'Instruction publique. Face à une hiérarchie peu exaltante, Maupassant observe et se nourrit d'un univers qu'il juge terne, médiocre et malveillant. Ses échappées, il les doit à son talent de canotier qui lui procure, sur les bords de Marne, plaisirs et aventures amoureuses. L'implication de Flaubert dans l'exigence créatrice de son jeune protégé se précise également. Il l'incite à retravailler les phrases de ses premiers manuscrits, dont quelques pièces de théâtre et une nouvelle fantastique, « La Main d'écorché », publiée en 1875 dans un journal provincial, sous l'identité de Joseph Prunier. Grâce aux fréquentes visites qu'il rend au grand écrivain, il rencontre des sommités, comme Tourgueniev, Goncourt ou Zola, qu'il rejoint dans le groupe de Médan en 1876. Dans le lancement d'un foisonnement créatif, il parvient à publier poèmes, nouvelles et pièces galantes, et ce malgré des soucis de santé chroniques (le diagnostic de la syphilis est confirmé en mars 1877). L'ambiance sinistre du ministère, combinée au harcèlement moral de son supérieur, n'arrange rien. Même les éloges du directeur du *Gaulois*, considérant Maupassant comme l'« un des écrivains les plus puissants de notre jeune littérature » ne parviennent à apaiser la mélancolie lancinante de l'auteur, qui se voit réprimandé en août 1878 par Flaubert, lequel regrette la dispersion du jeune écrivain : « Il faut, entendez-vous, jeune homme, il faut travailler plus que ça ! » et de conclure : « Un peu plus d'orgueil, saperlotte ! »

1870 Défaite française de Sedan (2 septembre). Napoléon III est fait prisonnier. Proclamation de la troisième République (4 septembre).
1871 Armistice franco-allemand (28 janvier). Commune de Paris. Zola, *La Fortune des Rougon* (premier volume de la série *Les Rougon-Macquart*).
1876 Zola, *L'Assommoir*.
1877 Flaubert, *Trois contes*.

3.

Une spectaculaire fécondité littéraire (1878-1887)

1. *La consécration*

Peu après son *Histoire du vieux temps,* pièce en vers montée puis publiée en 1879, la consécration attend Maupassant au printemps suivant avec *Boule de suif,* nouvelle phare du recueil des *Soirées de Médan,* qui retrace le courage d'une prostituée plus vertueuse que ceux qui la condamnent. Qualifiée de « chef-d'œuvre » par un admiratif Flaubert qui disparaît en mai 1880, laissant son fils spirituel dans un profond désarroi, l'œuvre connaît un grand succès. Maupassant s'éclipse progressivement du ministère de l'Instruction et collabore à divers journaux (*Le Gaulois, Gil Blas, Le Figaro*) avant de s'isoler à la campagne les mois d'été pour travailler à *La Maison Tellier,* publiée en mai 1881, célébrée par Zola, et *Une vie,* révélée en 1883. Une décennie d'une spectaculaire fécondité littéraire est amorcée : six romans, seize recueils de contes et nouvelles, au nombre de deux cent soixante... Sa vie trépidante le conduit dans les bras de nombreuses femmes, dont Gisèle d'Estoc, jeune fille libre, espiègle et intelligente et l'élégante comtesse Potocka, mondaine érudite. Il voyage également beaucoup : missionné par des journaux, comme *Le Gaulois,* il est correspondant à Alger lors de l'été 1881. Avec aplomb, il critique la politique colonialiste française, et si ses articles fracassants confirment son profond pessimisme, ils révèlent un talent de journaliste qui lui assure renommée et richesse. Il se fait construire une maison à Étretat, grâce à ses considérables revenus.

2. Les « trois glorieuses »

On peut considérer les années 1882, 1883 et 1884 comme les « trois glorieuses » de l'auteur, la production de contes et nouvelles explosant, à raison d'une soixantaine par an. La parution et le succès d'*Une vie* et des *Contes de la bécasse* en 1883 confirment son triomphe. Un homme, François Tassart, entre alors dans l'existence de l'écrivain comme valet : il sera, jusqu'aux dernières heures, un compagnon précieux. Les éditions et rééditions se succèdent. Les femmes aussi, et avec elles trois enfants naturels qu'il ne reconnaîtra pas. Son point d'attache féminin, c'est sa mère, qui s'est installée à Cannes avec son jeune frère, Hervé, en pleine dérive. À l'automne 1884, Maupassant achève *Bel-Ami* et publie trois recueils en 1885 dont *Les Contes du jour et de la nuit*. Au printemps de la même année, il part en Italie, mais ce voyage, s'il est une fuite de la vie parisienne et peut-être une évasion face à sa maladie, ne le satisfait pas pleinement. Attaqué par la presse sur *Bel-Ami*, qui décrit l'ascension fulgurante d'un jeune homme arriviste dans le monde journalistique et politique, Maupassant se défend dans les pages du *Gil Blas*, tandis que les exemplaires s'écoulent avec succès. Cependant, cette gloire semble laisser de marbre cet homme en proie à un profond mal de vivre. Lors de l'été 1885, une cure en Auvergne lui inspire son roman *Mont-Oriol*, publié à l'hiver 1887 et encensé par les critiques, dont celui du *Figaro* qui y décèle une « douceur » inattendue, une ampleur sentimentale nouvelle.

> 1879 Jules Vallès, *L'Enfant*. « La Marseillaise » devient l'hymne national.
> 1880 Zola (en collaboration avec Maupassant et Huysmans, notamment), *Les Soirées de Médan*. Mort de Flaubert.
> 1881-1882 Jules Ferry, ministre de l'Instruction publique, rend l'école laïque gratuite et obligatoire.
> 1885 Zola, *Germinal*.
> 1886 Rimbaud, *Illuminations*.

4.

Une lente descente aux enfers (1887-1893)

1. *Voyages ou évasions ?*

La santé de Maupassant se dégrade encore mais il parvient à rédiger et achever *Le Horla*, publié en mai 1887. C'est de ce nom qu'est baptisé le ballon flambant neuf dans lequel Maupassant s'offre une expédition au départ de Paris en juillet 1887, accompagné de quatre convives. Malheureusement, un orage précipite l'aérostat dans un champ de betteraves hollandais ; les journalistes parisiens en font des gorges chaudes ! Septembre voit l'achèvement de *Pierre et Jean*, consolation dans ce climat hostile. Cette œuvre, publiée en janvier 1888, s'assortit d'une préface majeure qui développe une réflexion sur l'art du roman. Il rêve d'un lecteur qui lui chuchoterait : « Faites-moi quelque chose de beau, dans la forme qui vous conviendra le mieux, selon votre tempérament. » Face aux multiples difficultés éditoriales, l'auteur s'exile tout l'automne en Algérie et en Tunisie, dans un cadre plus serein pour son inspiration. Le retour en France en janvier est douloureux, entre des ventes qui régressent et des dettes accumulées par son frère Hervé contraint à l'internement, et qui décédera en novembre 1889. Pourtant, une fleur du printemps de 1888, nommée Hermine, réenchante l'auteur qui vogue, entre Côte d'Azur, Paris et Étretat, avant un retour à Alger en fin d'année. Il est affaibli par des malaises et des névralgies, avant qu'une fatigue plus profonde ne l'atteigne, cependant que son ami et valet François rayonne constamment de sa présence discrète et vigilante. Quelques fêtes données ou croisières lui procurent un apaisant dérivatif. *Fort comme la mort* est publié en mai 1889 ; mais son ultime roman, *Notre cœur*, rencontre en juin 1890 un succès critique et public supérieurs.

2. *Soubresauts et chute*

Contre toute attente, il triomphe au printemps 1891 comme auteur dramatique grâce à une pièce coécrite avec Jacques Normand, *Musotte*, qui doit également être jouée à travers toute l'Europe. Ce succès déclenche chez lui un accès de mégalomanie, puisqu'il pense pouvoir imposer à la Comédie-Française ses pièces sans s'affranchir d'un passage devant le comité de lecture. Refus. En mai 1891, son état de santé se dégrade, tant et si bien qu'il est à présent dans l'incapacité d'écrire : son roman *L'Angélus* demeurera inachevé. Les cures thermales se succèdent tout l'été, tandis qu'il doit renoncer à son loisir favori, la navigation. En proie à des hallucinations, Maupassant devient l'ombre de lui-même. Décembre 1891 est un tel supplice physique et psychologique qu'il rédige son testament et tente de mettre fin à ses jours le 2 janvier 1892. Après quelques crises de délire, il intègre un établissement psychiatrique de renom, la clinique du docteur Blanche, où il s'éteint le 6 juillet 1893, gagné par la folie.

1889 Exposition universelle : inauguration de la tour Eiffel.
1890 Oscar Wilde, *Le Portrait de Dorian Gray*.
1894 Condamnation du capitaine Dreyfus pour espionnage.
1895 H.G. Wells, *La Machine à explorer le temps*. Première représentation cinématographique des frères Lumière.
1897 Edmond Rostand, *Cyrano de Bergerac*. Bram Stoker, *Dracula*.
1898 Publication dans le journal *L'Aurore* de l'article *J'accuse* de Zola, en faveur de Dreyfus (13 janvier).

Éléments pour une fiche de lecture

Regarder le tableau

- *La Loge* est traditionnellement rattachée à la période impressionniste de Renoir. Après avoir fait des recherches sur ce mouvement pictural, relevez les éléments qui vous semblent en effet caractéristiques de ce courant dans cette toile.
- Documentez-vous sur ce que l'on nomme la « touche » dans le vocabulaire de l'analyse picturale et décrivez cette trace du geste de l'artiste dans la toile. Est-elle ici laissée apparente ou les coups de pinceau vous semblent-ils au contraire invisibles ?
- Relevez les différents bijoux et fleurs portés par la femme puis montrez, à partir de vos observations, en quoi leur traitement (couleur, éclat...) en fait des éléments forts de cette compostion.
- Commentez la position de l'homme en arrière-plan. En quoi, selon vous, insuffle-t-elle dynamisme et mouvement à cette œuvre ? Vous proposerez une analyse comparée des postures des deux personnages.

« Les Bijoux »

- Montrez que la première partie est consacrée à la comédie des apparences, notamment quant à la parure et aux toilettes de la première épouse du personnage principal. Dans cet esprit, expliquer l'importance du verbe « sembler ».
- Au comble du désespoir, Lantin pense : « Comme on est heureux quand on a de la fortune ! Avec de l'argent on peut secouer jusqu'aux chagrins, on va où l'on veut, on voyage, on se distrait ! Oh ! si j'étais riche ! » Quels traits de sa personnalité cette réflexion révèle-t-elle ? Que vous inspire personnellement cette phrase ?
- Écrivez une phrase illustrant la moralité de cette histoire.

« À cheval »

- Montrez que le point de vue adopté dans cette nouvelle épouse la pensée des personnages par le recours au discours indirect libre. Sélectionnez-en trois passages puis rappelez les modalités du discours rapporté.
- Expliquez en quoi la « gratification extraordinaire » offerte par le chef d'Hector de Gribelin est un cadeau empoisonné.
- Relevez les éléments qui font d'abord de l'excursion une scène comique, voire ridicule.

« En wagon »

- Au début de la nouvelle, le narrateur évoque une « grave affaire » qui tourmente les trois mères. Expli-

quez. Quelle figure de style se cache finalement derrière cette expression ?
- Le portrait des trois garçons laisse-t-il présager l'émergence de l'un d'entre eux dans la suite de la nouvelle ? Expliquez.

« Un coup d'État »

- Relevez des éléments qui trahissent l'amateurisme et l'improvisation des « républicains ». Que suscitent-ils chez les habitants du bourg ?
- Montrez que le narrateur livre ses commentaires sur cette troupe peu commune.
- Au début de la nouvelle, quels éléments révèlent le manque de professionnalisme du médecin ?
- Dans la tirade exécutée par Massarel devant le buste de plâtre, relevez des figures de style. Quel en est l'impact sur l'environnement immédiat du médecin ? Expliquez.

« L'Aventure de Walter Schnaffs »

- La description du personnage principal dans l'incipit correspond-elle au portrait attendu du militaire ? Expliquez.
- Les questionnements intérieurs de Walter au début de la nouvelle sont assurés par l'emploi du discours indirect libre. Retrouvez-le et transposez-le au discours direct.
- Finalement, combien de nuits le soldat isolé passe-t-il à la belle étoile ?
- Expliquez en quoi l'arrestation du soldat prussien est grotesque.

« En famille »

- Montrez que le regard du médecin sur Caravan est plein d'ironie.
- Relevez les passages où l'on peut douter de la sincérité de madame Caravan. Expliquez son attitude.
- Expliquez l'utilisation des italiques qui accompagnent le mot « docteur » lors du dîner.
- Lors de la sortie parisienne du médecin et de Caravan, retrouvez les notations olfactives et expliquez en quoi elles bâtissent une nostalgie chez le fils de la « défunte ».

Écrire

- Imaginez un dialogue entre le bijoutier et son épouse dont le sujet portera sur cet exceptionnel client que représente monsieur Lantin, tant sur le plan financier que conjugal.
- Monsieur Lantin, monsieur de Gribelin et l'abbé du wagon sont sollicités par un éditeur afin de procéder à leur autobiographie. Choisissez l'un d'entre eux et rédigez en une vingtaine de lignes la quatrième de couverture. Inventez leur existence, assortie de commentaires des intéressés.
- Le docteur Massarel (« Un coup d'État ») et Walter Schnaffs se rencontrent. Racontez les circonstances et imaginez un dialogue original.
- Imaginez que madame Simon (« À cheval ») décide de se confesser à un prêtre.
- Madame Caravan et sa belle-mère (« En famille ») s'expliquent en tête à tête. Racontez.
- Donnez à chaque conte un nouveau titre.

Questions sur le groupement de textes thématique (p. 155)

- Retrouvez, dans les parties narratives de l'extrait de l'*Énéide*, trois figures de style donnant à la guerre ou à la mort une ampleur spectaculaire.
- Observez le contraste entre les deux paragraphes de l'extrait de *Candide* ? Comment expliquez-vous ce double regard sur la guerre ? De quelle manière le héros de Voltaire évolue-t-il dans sa perception ?
- La victime que le jeune protagoniste vient de poignarder dans *À l'ouest rien de nouveau* est-elle réellement un ennemi ? Expliquez. Quel est finalement l'état d'esprit du soldat ?
- En quoi le texte de Jacques Prévert se différencie-t-il des autres ?
- Dans quels textes y a-t-il un grand nombre d'hyperboles ? Pourquoi, selon vous ?
- Finalement, chaque narrateur de ce groupement exprime-t-il, face à la guerre, des sentiments ou une opinion ? Une vision commune émerge-t-elle de ces fragments de littérature ?

Questions sur le groupement de textes stylistique (p. 165)

- Observez et relevez les temps du passé employés dans les premières lignes de chaque incipit. Expliquez leur valeur.
- Quel(s) incipit(s) plonge(nt) le lecteur *in media res* ?
- Quel passage précis opère une bascule dans chaque incipit ?

- Pourquoi peut-on dire que l'incipit de l'extrait du *Vin de Paris* est particulièrement insolite ?
- Peut-on classer ces incipits selon leur registre ? Expliquez.
- Imaginez, en une vingtaine de lignes, une suite insolite à « La Main d'écorché » ou à « Pauvre Petit Garçon ! ».
- Quel incipit vous donne le plus envie de poursuivre la lecture ? Justifiez votre réponse.

DANS LA MÊME COLLECTION

Collège

Combats du XXᵉ siècle en poésie (anthologie) (161)
Mère et fille (Correspondances de Mme de Sévigné, George Sand, Sido et Colette) (anthologie) (112)
Poèmes à apprendre par cœur (anthologie) (191)
Poèmes pour émouvoir (anthologie) (225)
Les récits de voyage (anthologie) (144)
La Bible (textes choisis) (49)
Fabliaux (textes choisis) (37)
Les quatre frères Aymon (208)
Schéhérazade et Aladin (192)
La Farce de Maître Pathelin (146)
Gilgamesh et Hercule (217)
ALAIN-FOURNIER, *Le grand Meaulnes* (174)
JEAN ANOUILH, *Le Bal des voleurs* (113)
Marcel AYMÉ, Ray BRADBURY, Dino BUZZATI, *3 nouvelles sur le temps* (240)
Honoré de BALZAC, *L'Élixir de longue vie* (153)
Henri BARBUSSE, *Le Feu* (91)
Joseph BÉDIER, *Le Roman de Tristan et Iseut* (178)
Lewis CARROLL, *Les Aventures d'Alice au pays des merveilles* (162)
Blaise CENDRARS, *Faire un prisonnier* (235)
Samuel de CHAMPLAIN, *Voyages au Canada* (198)
CHRÉTIEN DE TROYES, *Le Chevalier au Lion* (2)
CHRÉTIEN DE TROYES, *Lancelot ou le Chevalier de la Charrette* (133)
CHRÉTIEN DE TROYES, *Perceval ou Le Conte du Graal* (195)
COLETTE, *Dialogues de bêtes* (36)
Joseph CONRAD, *L'Hôte secret* (135)

DANS LA MÊME COLLECTION

Pierre CORNEILLE, *Le Cid* (13)
Roland DUBILLARD, *La Leçon de piano et autres diablogues* (160)
Alexandre DUMAS, *La Tulipe noire* (213)
ÉSOPE, Jean de LA FONTAINE, Jean ANOUILH, *50 Fables* (186)
Georges FEYDEAU, *Feu la mère de Madame* (188)
Georges FEYDEAU, *Un Fil à la patte* (226)
Gustave FLAUBERT, *Trois Contes* (6)
Romain GARY, *La Promesse de l'aube* (169)
Théophile GAUTIER, *3 contes fantastiques* (214)
Jean GIONO, *L'Homme qui plantait des arbres + Écrire la nature* (anthologie) (134)
Nicolas GOGOL, *Le Nez. Le Manteau* (187)
Wilhelm et Jacob GRIMM, *Contes* (textes choisis) (72)
Ernest HEMINGWAY, *Le vieil homme et la mer* (63)
Histoire d'Esther (249)
HOMÈRE, *Odyssée* (18)
Victor HUGO, *Claude Gueux* suivi de *La Chute* (15)
Victor HUGO, *Jean Valjean (Un parcours autour des Misérables)* (117)
Victor HUGO, *L'intervention* (236)
Thierry JONQUET, *La Vie de ma mère !* (106)
Charles JULIET, *L'Année de l'éveil* (243)
Joseph KESSEL, *Le Lion* (30)
Jean de LA FONTAINE, *Fables* (34)
Maurice LEBLANC, *Arsène Lupin, gentleman-cambrioleur* (252)
J. M. G. LE CLÉZIO, *Mondo et autres histoires* (67)
Gaston LEROUX, *Le Mystère de la chambre jaune* (4)
Jack LONDON, *Loup brun* (210)
Guy de MAUPASSANT, *12 contes réalistes* (42)
Guy de MAUPASSANT, *Boule de suif* (103)

DANS LA MÊME COLLECTION

MOLIÈRE, *Les Fourberies de Scapin* (3)
MOLIÈRE, *Le Médecin malgré lui* (20)
MOLIÈRE, *Trois courtes pièces* (26)
MOLIÈRE, *L'Avare* (41)
MOLIÈRE, *Les Précieuses ridicules* (163)
MOLIÈRE, *Le Sicilien ou l'Amour peintre* (203)
MOLIÈRE, *Le Malade imaginaire* (227)
Alfred de MUSSET, *Fantasio* (182)
Alfred de MUSSET, *Les Caprices de Marianne* (245)
George ORWELL, *La Ferme des animaux* (94)
OVIDE, *Les métamorphoses* (231)
Amos OZ, *Soudain dans la forêt profonde* (196)
Louis PERGAUD, *La Guerre des boutons* (65)
Charles PERRAULT, *Contes de ma Mère l'Oye* (9)
Edgar Allan POE, *6 nouvelles fantastiques* (164)
Jacques PRÉVERT, *Paroles* (29)
Jules RENARD, *Poil de Carotte* (66)
Antoine de SAINT-EXUPÉRY, *Vol de nuit* (114)
Mary SHELLEY, *Frankenstein ou le Prométhée moderne* (145)
John STEINBECK, *Des souris et des hommes* (47)
Robert Louis STEVENSON, *L'Étrange Cas du docteur Jekyll et de M. Hyde* (53)
Jean TARDIEU, *9 courtes pièces* (156)
Michel TOURNIER, *Vendredi ou La Vie sauvage* (44)
Fred UHLMAN, *L'Ami retrouvé* (50)
Jules VALLÈS, *L'Enfant* (12)
Paul VERLAINE, *Fêtes galantes* (38)
Jules VERNE, *Le Tour du monde en 80 jours* (32)
H. G. WELLS, *La Guerre des mondes* (116)
Oscar WILDE, *Le Fantôme de Canterville* (22)
Richard WRIGHT, *Black Boy* (199)

DANS LA MÊME COLLECTION

Marguerite YOURCENAR, *Comment Wang-Fô fut sauvé et autres nouvelles* (100)
Émile ZOLA, *3 nouvelles* (141)

Lycée

Série Classiques

Anthologie du théâtre français du XXe siècle (220)
Écrire sur la peinture (anthologie) (68)
Les grands manifestes littéraires (anthologie) (175)
L'intellectuel engagé (anthologie) (219)
La poésie baroque (anthologie) (14)
Le sonnet (anthologie) (46)
L'Encyclopédie (textes choisis) (142)
Guillaume APOLLINAIRE, *Alcools* (238)
Honoré de BALZAC, *La Peau de chagrin* (11)
Honoré de BALZAC, *La Duchesse de Langeais* (127)
Honoré de BALZAC, *Le roman de Vautrin* (Textes choisis dans *La Comédie humaine*) (183)
Honoré de BALZAC, *Le père Goriot* (204)
Honoré de BALZAC, *La Recherche de l'absolu* (224)
René BARJAVEL, *Ravage* (95)
Charles BAUDELAIRE, *Les Fleurs du mal* (17)
Charles BAUDELAIRE, *Le Spleen de Paris* (242)
BEAUMARCHAIS, *Le Mariage de Figaro* (128)
Aloysius BERTRAND, *Gaspard de la nuit* (207)
André BRETON, *Nadja* (107)
Albert CAMUS, *L'Étranger* (40)
Albert CAMUS, *La Peste* (119)
Albert CAMUS, *La Chute* (125)
Albert CAMUS, *Les Justes* (185)
Albert CAMUS, *L'Envers et l'endroit* (247)
Louis-Ferdinand CÉLINE, *Voyage au bout de la nuit* (60)

DANS LA MÊME COLLECTION

René CHAR, *Feuillets d'Hypnos* (99)
François-René de CHATEAUBRIAND, *Mémoires d'outre-tombe — « livres IX à XII »* (118)
Driss CHRAÏBI, *La Civilisation, ma Mère !...* (165)
Albert COHEN, *Le Livre de ma mère* (45)
Benjamin CONSTANT, *Adolphe* (92)
Pierre CORNEILLE, *Le Menteur* (57)
Pierre CORNEILLE, *Cinna* (197)
Denis DIDEROT, *Paradoxe sur le comédien* (180)
Madame DURAS, *Ourika* (189)
Marguerite DURAS, *Un barrage contre le Pacifique* (51)
Marguerite DURAS, *La Douleur* (212)
Marguerite DURAS, *La Musica* (241)
Paul ÉLUARD, *Capitale de la douleur* (126)
Paul ÉLUARD, MAN RAY, *Les Mains libres* (256)
Annie ERNAUX, *La place* (61)
Gustave FLAUBERT, *Madame Bovary* (33)
Gustave FLAUBERT, *Écrire* Madame Bovary *(Lettres, pages manuscrites, extraits)* (157)
André GIDE, *Les Faux-Monnayeurs* (120)
André GIDE, *La Symphonie pastorale* (150)
Victor HUGO, *Hernani* (152)
Victor HUGO, *Mangeront-ils ?* (190)
Victor HUGO, *Pauca meae* (209)
Eugène IONESCO, *Rhinocéros* (73)
Eugène IONESCO, *Macbett* (250)
Sébastien JAPRISOT, *Un long dimanche de fiançailles* (27)
Charles JULIET, *Lambeaux* (48)
Franz KAFKA, *Lettre au père* (184)
Eugène LABICHE, *L'Affaire de la rue de Lourcine* (98)
Jean de LA BRUYÈRE, *Les Caractères* (24)
Pierre CHODERLOS DE LACLOS, *Les Liaisons dangereuses* (5)

DANS LA MÊME COLLECTION

Madame de LAFAYETTE, *La Princesse de Clèves* (39)
Louis MALLE et Patrick MODIANO, *Lacombe Lucien* (147)
André MALRAUX, *La Condition humaine* (108)
MARIVAUX, *L'Île des Esclaves* (19)
MARIVAUX, *La Fausse Suivante* (75)
MARIVAUX, *La Dispute* (181)
Guy de MAUPASSANT, *Le Horla* (1)
Guy de MAUPASSANT, *Pierre et Jean* (43)
Guy de MAUPASSANT, *Bel ami* (211)
Herman MELVILLE, *Bartleby le scribe* (201)
MOLIÈRE, *L'École des femmes* (25)
MOLIÈRE, *Le Tartuffe* (35)
MOLIÈRE, *L'Impromptu de Versailles* (58)
MOLIÈRE, *Amphitryon* (101)
MOLIÈRE, *Le Misanthrope* (205)
MOLIÈRE, *Les Femmes savantes* (223)
Michel de MONTAIGNE, *Des cannibales + La peur de l'autre* (anthologie) (143)
MONTESQUIEU, *Lettres persanes* (56)
MONTESQUIEU, *Essai sur le goût* (194)
Alfred de MUSSET, *Lorenzaccio* (8)
Irène NÉMIROVSKY, *Suite française* (149)
OVIDE, *Les Métamorphoses* (55)
Blaise PASCAL, *Pensées (Liasses II à VIII)* (148)
Pierre PÉJU, *La petite Chartreuse* (76)
Daniel PENNAC, *La fée carabine* (102)
Georges PEREC, *Quel petit vélo à guidon chromé au fond de la cour ?* (215)
Luigi PIRANDELLO, *Six personnages en quête d'auteur* (71)
Francis PONGE, *Le parti pris des choses* (170)
L'abbé PRÉVOST, *Manon Lescaut* (179)
Marcel PROUST, *Du côté de chez Swann* (246)

DANS LA MÊME COLLECTION

Raymond QUENEAU, *Zazie dans le métro* (62)
Raymond QUENEAU, *Exercices de style* (115)
Pascal QUIGNARD, *Tous les matins du monde* (202)
François RABELAIS, *Gargantua* (21)
Jean RACINE, *Andromaque* (10)
Jean RACINE, *Britannicus* (23)
Jean RACINE, *Phèdre* (151)
Jean RACINE, *Mithridate* (206)
Jean RACINE, *Bérénice* (228)
Rainer Maria RILKE, *Lettres à un jeune poète* (59)
Arthur RIMBAUD, *Illuminations* (193)
Edmond ROSTAND, *Cyrano de Bergerac* (70)
SAINT-SIMON, *Mémoires* (64)
Nathalie SARRAUTE, *Enfance* (28)
William SHAKESPEARE, *Hamlet* (54)
SOPHOCLE, *Antigone* (93)
STENDHAL, *La Chartreuse de Parme* (74)
Michel TOURNIER, *Vendredi ou les limbes du Pacifique* (132)
Vincent VAN GOGH, *Lettres à Théo* (52)
VOLTAIRE, *Candide* (7)
VOLTAIRE, *L'Ingénu* (31)
VOLTAIRE, *Micromégas* (69)
Émile ZOLA, *Thérèse Raquin* (16)
Émile ZOLA, *L'Assommoir* (140)
Émile ZOLA, *Au bonheur des dames* (232)
Émile ZOLA, *La Bête humaine* (239)

Série Philosophie

Notions d'esthétique (anthologie) (110)
Notions d'éthique (anthologie) (171)
ALAIN, *44 Propos sur le bonheur* (105)

DANS LA MÊME COLLECTION

Hannah ARENDT, *La Crise de l'éducation* extrait de *La Crise de la culture* (89)

ARISTOTE, *Invitation à la philosophie (Protreptique)* (85)

Saint AUGUSTIN, *La création du monde et le temps* — « Livre XI, extrait des *Confessions* » (88)

Walter BENJAMIN, *L'œuvre d'art à l'époque de sa reproductibilité technique* (123)

Émile BENVENISTE, *La communication*, extrait de *Problèmes de linguistique générale* (158)

Albert CAMUS, *Réflexions sur la guillotine* (136)

René DESCARTES, *Méditations métaphysiques* — « 1, 2 et 3 » (77)

René DESCARTES, *Des passions en général*, extrait des *Passions de l'âme* (129)

René DESCARTES, *Discours de la méthode* (155)

Denis DIDEROT, *Le Rêve de d'Alembert* (139)

Émile DURKHEIM, *Les règles de la méthode sociologique* — « Préfaces, chapitres 1, 2 et 5 » (154)

ÉPICTÈTE, *Manuel* (173)

Michel FOUCAULT, *Droit de mort et pouvoir sur la vie*, extrait de *La Volonté de savoir* (79)

Sigmund FREUD, *Sur le rêve* (90)

Thomas HOBBES, *Léviathan* — « Chapitres 13 à 17 » (111)

David HUME, *Dialogues sur la religion naturelle* (172)

François JACOB, *Le programme* et *La structure visible*, extraits de *La logique du vivant* (176)

Emmanuel KANT, *Des principes de la raison pure pratique*, extrait de *Critique de la raison pratique* (87)

Emmanuel KANT, *Idée d'une histoire universelle au point de vue cosmopolitique* (166)

Étienne de LA BOÉTIE, *Discours de la servitude volontaire* (137)

G. W. LEIBNIZ, *Préface aux Nouveaux essais sur l'entendement humain* (130)

DANS LA MÊME COLLECTION

Claude LÉVI-STRAUSS, *Race et histoire* (104)

Nicolas MACHIAVEL, *Le Prince* (138)

Nicolas MALEBRANCHE, *La Recherche de la vérité* — « De l'imagination, 2 et 3 » (81)

MARC AURÈLE, *Pensées* — « Livres II à IV » (121)

Karl MARX, *Feuerbach. Conception matérialiste contre conception idéaliste* (167)

Maurice MERLEAU-PONTY, *L'Œil et l'Esprit* (84)

Maurice MERLEAU-PONTY, *Le cinéma et la nouvelle psychologie* (177)

John Stuart MILL, *De la liberté de pensée et de discussion*, extrait de *De la liberté* (122)

Friedrich NIETZSCHE, *La « faute », la « mauvaise conscience » et ce qui leur ressemble (Deuxième dissertation)*, extrait de *La Généalogie de la morale* (86)

Friedrich NIETZSCHE, *Vérité et mensonge au sens extramoral* (168)

Blaise PASCAL, *Trois discours sur la condition des Grands et six liasses extraites des Pensées* (83)

PLATON, *La République* — « Livres 6 et 7 » (78)

PLATON, *Le Banquet* (109)

PLATON, *Apologie de Socrate* (124)

PLATON, *Gorgias* (159)

Jean-Jacques ROUSSEAU, *Discours sur l'origine et les fondements de l'inégalité parmi les hommes* (82)

Baruch SPINOZA, *Lettres sur le mal* — « Correspondance avec Blyenbergh » (80)

Alexis de TOCQUEVILLE, *De la démocratie en Amérique I* — « Introduction, chapitres 6 et 7 de la deuxième partie » (97)

Simone WEIL, *Les Besoins de l'âme*, extrait de *L'Enracinement* (96)

Ludwig WITTGENSTEIN, *Conférence sur l'éthique* (131)

Composition Nord compo.
Impression Novoprint, à Barcelone, le 28 août 2013
Dépôt légal : septembre 2013
ISBN 978-2-07-045828-8
Imprimé en Espagne.

248239